VAQUEROS & BESOS

VAQUEROS DEL RANCHO LENOX - 1

VANESSA VALE

Derechos de Autor © 2020 por Vanessa Vale

Este trabajo es pura ficción. Los nombres, personajes, lugares e incidentes son producto de la imaginación de la autora y usados con fines ficticios. Cualquier semejanza con personas vivas o muertas, empresas y compañías, eventos o lugares es total coincidencia.

Todos los derechos reservados.

Ninguna parte de este libro deberá ser reproducido de ninguna forma o por ningún medio electrónico o mecánico, incluyendo sistemas de almacenamiento y retiro de información sin el consentimiento de la autora, a excepción del uso de citas breves en una revisión del libro.

Diseño de la Portada: Bridger Media

Imagen de la Portada: Wander Aguiar Photography; Deposit Photos: Photocreo

1

OSA

La cocina a las seis de la mañana era algo parecido a lo que recordaba de las calles concurridas de Chicago, llenas de gente, con mucho ruido y ligeramente peligrosas. Con diez mujeres en la casa, nunca había tranquilidad, nunca había paz. Era lo mismo, día tras día. Dalia discutía con la señorita Esther sobre cómo se debía cocinar el tocino. Amapola estaba detrás de Azucena y se peinaba el cabello rubio con otra creación inventiva. Caléndula ponía la mesa con un fuerte estruendo de platos, ansiosa por comer. Jacinta estaba sentada a la mesa grande tarareando plácidamente para sí misma mientras cosía un botón. Lirio y Margarita probablemente seguían dormidas o al menos se tomaban su tiempo para vestirse y evitar las tareas de la mañana. Me detuve y observé el alboroto, sacudiendo la cabeza ante la sensación claustrofóbica de la habitación.

Nada había cambiado. La habitación no había cambiado desde el primer día en que todas llegamos de Chicago dieciséis años antes. Además de ser mayores, *ninguna* había cambiado y nuestras personalidades eran tan variadas como siempre. Excepto yo. *Yo* había cambiado. ¿Por qué todas me molestaban? ¿Por qué de repente la casa parecía tan pequeña? ¿Por qué mis hermanas parecían tan irritantes? ¿Por qué me sentía como si me sofocaran?

Queriendo escapar, dejé caer el puñado de leña en el recipiente junto a la estufa, caminé de regreso afuera y comencé a cruzar la grama hacia el establo. Respiré profundamente el aire fresco de la mañana en un intento de relajarme. Era demasiado temprano para estar enfadada, especialmente por tan solo la rutina matutina normal.

—¡Rosa! —La voz de la señorita Trudy me alcanzó. Había más que distancia física entre nosotras, también había una separación emocional. Me detuve y me volví con un suspiro, metiendo mi cabello rebelde detrás de la oreja. La mujer que había criado a ocho niñas huérfanas, conmigo incluida, levantó una tela doblada—. Si no quieres comer en la mesa, al menos llévate algo contigo.

Su cabello estaba recogido con un moño sencillo en su nuca, el gris en su cabello rojo brillaba bajo el sol que salía tras las montañas. Todavía era hermosa, aun con las finas líneas que mostraban su edad. Mientras daba los pasos para tomar la comida, vi preocupación en sus ojos verdes, pero me negué a hablar de ello.

Olí las galletas y el tocino y mi estómago retumbó.

—Gracias —respondí con una sonrisa en los labios.

—¿Dónde vas a estar? —preguntó la señorita Trudy con voz tranquila y apacible. Nunca gritaba, nunca levantaba la voz.

Nadie desaparecía sin informar hacia dónde iba porque los peligros abundaban en el rancho y en todo el Territorio de Montana.

—Seguiré la línea de la cerca para buscar cualquier sección que pueda necesitar reparación. —No había ningún cerco dañado. Yo lo sabía y la señorita Trudy también, pero solo hizo un pequeño asentimiento con la cabeza para permitirme escapar.

Sin saber qué más decir, me volví para dirigirme al establo. No podía decirle a la señorita Trudy que no era feliz, aunque estaba segura de que lo sabía. Pronunciar las palabras me haría parecer desagradecida, pues ella y la señorita Esther nos proporcionaron un hogar estable y amoroso a todas nosotras, que habríamos crecido huérfanas en una gran ciudad, sin conocer los espacios abiertos y el gran cielo de Montana si ambas no nos hubieran adoptado a todas y traído al Oeste. El pensamiento me hizo frotar el espacio por encima de mi corazón, presionando fuertemente la culpa y la inquietud. No importaba la profundidad del cariño o la cercanía que tuviera con las otras chicas, necesitaba más. Necesitaba escapar.

* * *

—Lo que sea que te haya hecho esa cerca, seguro que ahora lo lamenta.

La voz profunda que venía de detrás de mí fue tan

sorprendente que me golpeé el pulgar con el martillo. Estaba a un kilómetro de la casa cuando decidí resolver algunas de mis frustraciones con la cerca. El poste tenía un clavo suelto y yo había empezado a martillarlo, continué con el ataque aun después de que ya estuviera bien alojado en la madera. Todavía estaba martillando cuando alguien me pilló desprevenida.

Respiré profundamente ante el dolor punzante en la punta de mi pulgar mientras sostenía la base del dedo con la otra mano. Dejé salir unas pocas palabras que no eran precisamente las de una dama mientras hacía una mueca de dolor y caminaba en círculos.

—¡Chance Goodman! —grité mi enojo y mi dolor fuerte y claramente—. No te puedes acercar a alguien de esa manera.

El hombre era diez años mayor que yo y vivía en el rancho más cercano. Sus padres habían muerto unos años antes y, con mucho éxito, él se hizo cargo de la expansión de su rancho, añadiendo más ganado y criando preciados toros. Esto último hacía que me sonrojara cada vez que pensaba en ellos, pues gracias a las bestias sabía lo que pasaba entre un hombre y una mujer —sumado a que la señorita Trudy y la señorita Esther, como dueñas de burdeles que fueron, nos dieron una charla especial a cada una de nosotras— y siempre había imaginado el rostro de Chance en mi mente cuando me imaginaba semejantes actos. Cierta vez vi uno de sus toros y la... la cosa que colgaba debajo de su vientre me hizo preguntarme cómo sería el miembro de Chance. ¿Sería grande él? ¿Sería igual de agresivo cuando montaba a una mujer? Mis pezones siempre se tensaban como puntos duros y sentía humedad entre las piernas cada vez que imaginaba un escenario así.

No había otro hombre en cincuenta kilómetros que fuera un espécimen de masculinidad como Chance Goodman. Ya lo pensaba cuando tenía nueve años, y ahora pienso lo mismo a los diecinueve. Su cabello era de color marrón chocolate, el cual dejaba caer demasiado largo. Se erguía sobre mí dado que yo solo le llegaba al hombro y me hacía sentir... femenina. En mi casa, había ocho mujeres a quienes les importaban las cintas y los encajes cuando yo simplemente me interesaba más en el cuero de una silla de montar y en el marcado del ganado, pero a menudo Chance me hacía desear haberme peinado el cabello o haberme puesto ropa bonita que me hiciera parecer más atractiva, al menos ante sus ojos.

No eran sus hombros anchos ni sus antebrazos musculosos lo que me provocaba que se me acelerara el corazón cada vez que lo veía. No era la forma en que un hoyuelo se marcaba en su mejilla cuando sonreía. No era la mandíbula fuerte ni las manos grandes así como sus ojos oscuros lo que me atraían. Chance era la única persona que no se dejaba llevar por la fachada que yo desarrollé para ocultar mi verdadero yo. Era como si estuviera constantemente expuesta, cada emoción y sentimiento que tenía era claro como el agua de un manantial para él. No podía esconderme de él, aun cuando, como ahora, estaba de pie justo delante de mí.

—Aquí, déjame ver. —Tomó mi mano mientras me volvía hacia él. Antes de que pudiera alejarme, la levantó para poder mirarla, después para mi total y completa sorpresa, se metió mi pulgar lesionado dentro de su boca. Mi propia boca se abrió con absoluta sorpresa. Mi pulgar estaba en la boca de Chance Goodman... y se sentía bien. Su lengua recorrió la punta lastimada, chupándola como si succionara el dolor como lo haría con el veneno de una mordedura de serpiente. Su boca estaba caliente y húmeda y mi dedo palpitó —como otros lugares— y ya no era por el martillazo.

—¿Qué... qué estás haciendo? —pregunté, mis palabras se escaparon en una confusa prisa. Chance nunca me había tocado antes. Me había dado sus palmas entrecruzadas para que las usara de ayuda para montar un caballo, pero eso no era nada comparado con esto. La forma en que sus ojos oscuros miraron fijamente los míos mientras pasaba su lengua por encima de mi pulgar era nueva. Suave, posesiva, *caliente*. Dios, ¡esto era lo más carnal que alguna vez hubiera experimentado y era solo mi pulgar! ¿Qué me pasaría si se tomara libertades más grandes?

Con ese pensamiento tentador, y muy aterrador, tiré de mi mano hacia atrás. Chance podría haberla retenido fácilmente, ya que su fuerza era mucho mayor que la mía, pero me liberó por su propia elección.

—¿Mejor? —preguntó. Su voz sonó profunda y áspera, lo que me recordó las piedras del río.

Solo pude asentir con la cabeza ya que aún estaba nerviosa.

—Creo que es la primera vez que te dejo sin palabras. —La comisura de su boca se levantó y apareció el hoyuelo.

Puse mis manos en mis caderas, ignorando el dolor.

—¿Qué es lo que quieres? —le pregunté con tono mordaz.

Su mirada recorrió mi cuerpo, examinándome, y suspiró.

—¿Ahora mismo? Quiero saber qué te pasa.

—¿Además de mi pulgar? —Levanté la mano—. Nada —solté.

—Rosa —dijo con su voz que se elevaba en ese irritante tono de advertencia.

—¿Qué? ¿Una chica no puede tener secretos?

Sus cejas oscuras se elevaron.

—¿Desde cuándo te consideras una chica? —Bajó la mirada a los pantalones que llevaba en lugar de la falda o el vestido de cualquier otra mujer. La púa me hirió, porque solo validaba mis inseguridades de más temprano. Chance no me veía como una mujer. Pensaba en mí como... Rosa. La Rosa simple con pantalones. ¿Qué hombre podría estar interesado en una mujer que prefería usar pantalones en lugar de cintas y encajes? ¿Qué hombre podría desear a una mujer que martillaba postes de cercas?

—Desde... —Cerré la boca—. Oh, no importa. —Me alejé de él y me fui.

—¿Dalia te está molestando de nuevo? —gritó—. ¿O Caléndula se comió tu desayuno?

Sabía que estaba jugando conmigo, porque nunca se burlaría de las otras chicas. Era demasiado caballero, pero eso no le impedía burlarse de mí.

Cuando la señorita Trudy y la señorita Esther nos encontraron huérfanas después del gran incendio de Chicago, no sabían nuestros nombres. Nunca sabré por qué nos dieron nombres de flores. La mudanza al Territorio de Montana fue una manera de empezar de nuevo para todas nosotras, especialmente para la señorita Trudy y la señorita Esther. A pesar de sus años dirigiendo un burdel en una gran ciudad, querían una nueva vida y la encontraron en las afueras de la ciudad de Clayton.

Éramos vilmente conocidas como las flores salvajes de Montana y siempre se nos consideraba como un grupo de ocho personas, no como personas individuales.

—Todas son iguales. *Nada* ha cambiado.

—¿Estás esperando por algo diferente entonces? —Apoyó la cadera contra el estropeado poste de la cerca, relajado y en calma consigo mismo, mientras me ofrecía toda su atención. Vi su caballo en la distancia, con la cabeza baja y mordisqueando hierba. Un pájaro voló por encima de nosotros con sus alas inmóviles mientras pasaba una corriente de viento.

—¿Algo diferente? ¡Por supuesto que quiero algo diferente! —Agité los brazos en el aire mientras hablaba—. Quiero ser independiente, salvaje. ¡Libre! No estar atrapada en una casa llena de mujeres que hablan todo el día sobre peinados y la longitud de las mangas de los vestidos. Quiero hacer lo que la señoritaTrudy hizo, huir y descubrir una nueva vida en una tierra lejana.

Me dejó desahogarme pacientemente.

—¿Qué planeas hacer?

—No lo sé, Chance, pero estoy a punto de salir de mi propia piel. ¿No te das cuenta? Ya no pertenezco aquí. —Bajé la cabeza con esa admisión, porque sentí que la vergüenza y la culpa me presionaban fuertemente el corazón. La señorita Trudy y la señorita Esther habían hecho tanto por mí, por todas las chicas, y yo estaba dejando a un lado todos esos años, y todo el amor. Presioné una vez más ese punto de mi pecho mientras sentía las lágrimas acercarse. Levantando la cabeza hacia el cielo, me sorbí la nariz y forcé las lágrimas a quedarse atrás. Yo no lloraba. *Nunca* lloraba y estaba furiosa con Chance por hacerme sentir así.

Con su largo paso, caminó hacia mí a través de la hierba alta e inclinó mi barbilla hacia arriba con sus dedos, obligándome a mirarlo. El sombrero se me cayó de la cabeza para colgar del largo cordón que tenía alrededor de mi cuello. Su aroma, una mezcla de piel cálida y pino y cuero, era algo que asociaba únicamente con él.

—No. Ya no perteneces aquí.

No podía creer que Chance estuviera de acuerdo conmigo. La única persona que esperaba que luchara por mí —mi amigo— estaba de acuerdo conmigo y aceptaba que me fuera. Aparté la barbilla de su agarre y me volví hacia mi caballo para montarlo rápidamente. Usando las riendas para estimular al animal, le di una última mirada a Chance Goodman. Era hora de seguir adelante; él acababa de confirmarlo para mí. Me dolía el corazón al saber que nunca volvería a verlo.

Me puse el sombrero sobre la cabeza, le di un pequeño golpe de despedida con mi dedo y me fui. No solo me dolía la punta del pulgar, sino también el corazón.

2

El cielo estaba totalmente oscuro, tan oscuro en Clayton como lo estaba en el área del rancho. Solo las linternas que brillaban en algunas casas iluminaban el camino. Dejé mi caballo en la caballeriza y me dirigí a la pensión. La noche era cálida, así que no necesitaba un chal o un abrigo, y únicamente llevaba una pequeña maleta. Tomaría el siguiente carruaje para salir del pueblo, sin importar si se dirigía al este o al oeste.

Clayton no era grande, pero la caballeriza estaba al otro lado del pueblo desde donde yo pasaría la noche, lo que me obligaba a caminar esa distancia sola. No era la mejor opción si se consideraba el tipo de hombres que circulaba por el pueblo, pero no había otra. Las minas abundaban en las montañas y Clayton tenía la cantina más cercana, lo cual significaba whisky y mujeres. Fue a uno de esos hombres con quien desafortunadamente me encontré en el camino.

Caminé rápidamente con mi pequeña maleta, pero el hombre me había tomado por sorpresa al salir de entre dos edificios y meterse en mi camino cuando yo pensaba en Chance y en nuestras palabras de despedida. No llevaba una pistola ni un cuchillo, ni ningún tipo de arma para protegerme cuando me choqué directamente con este sujeto. No pude verle el rostro en la oscuridad, pero un olor particular a sudor y whisky emanaba de sus poros. Sus manos fueron rápidas y me agarraron por los brazos.

—¡Mira lo que he capturado! Una dama de la noche.

—¡Discúlpeme! No me parezco en nada a una dama de la noche —contesté ofendida. A pesar de que no me parecía en nada a una dama siquiera, no merecía la comparación. Luché contra su agarre y un estallido de energía hizo que mi corazón latiera rápidamente—. ¡Suéltame! —grité.

—Oh, no. Ahora eres mía. —Me giró bruscamente para que uno de sus brazos se enganchara en mi cintura en una especie de apretón, lo que me dificultaba respirar. Su agarre era lo suficientemente fuerte como para que solo las puntas de los dedos de mis pies tocaran el suelo. La otra mano me cubrió la boca con dedos sucios que me impedían gritar, lo sabía porque lo intenté, aunque eso solo hizo que me manipulara con más fuerza. Fui arrastrada a un callejón y luego detrás de un edificio. La mano se apartó de mi boca por un momento para abrir una puerta, para luego devolverla a donde había estado y silenciar otro grito. Usando un pie, cerró la puerta con una patada hacia atrás y el golpe hizo que las ventanas baratas sonaran. Podía escuchar a alguien que tocaba un piano metálico y sentir el aire pesado con el olor a whisky —que no solo venía de mi secuestrador— y un fuerte olor a cigarrillo.

Un hombre que fregaba platos en un fregadero profundo giró la cabeza y se detuvo, con un plato en mano. Hice sonidos contra la palma de la mano sobre mi boca y con los ojos bien abiertos, rogándole que me ayudara, pero él se volvió y continuó su tarea. Una escalera de madera estrecha guiaba hacia arriba y el hombre se giró de lado para que ambos pudiéramos pasar y subir, y me tropecé contra una tosca pared.

En la parte superior, mi captor me soltó, mis pies tocaron el suelo y el aire entró en mis pulmones. Podía ver la parte superior de una segunda escalera al final del pasillo, la música se escuchaba más fuerte desde aquí. Una mujer —que muy probablemente era una dama de la noche— estaba poco vestida y hablaba con un hombre que parecía muy complacido con sus atenciones atrevidas. Más allá había dos hombres recostados en una barandilla, posiblemente para observar el salón de abajo. No tenía ninguna duda sobre mi paradero en el establecimiento que estaba justo al final de la calle donde me capturó el hombre, era fácil deducirlo por los hombres, la mujer y el licor.

—Puedes gritar, pero nadie te ayudará. —Mi captor se inclinó para hablarme directamente al oído y lanzar su aliento caliente y fétido—. Pensarán que estás jugando, que te gusta rudo. A mí me gusta. Me gusta cuando una mujer se rehúsa.

Un sabor amargo me llenó la boca ante sus desagradables palabras. Mi única consideración fue evitar que este hombre me arrastrara a una de las muchas habitaciones que se disponían en el pasillo. Por las historias de la señorita Trudy y la señorita Esther, sabía lo que ocurría en el piso de arriba de una cantina, y eso sin duda no era para mí. Gritar y huir puede que no me trajera la ayuda que quería, porque alguien podría arrastrarme de vuelta con este hombre o tomarse otras libertades. ¡Tenía que defenderme yo sola!

Recordé lo que la señorita Esther nos había enseñado sobre cómo defendernos de un pretendiente muy ansioso. Este hombre ciertamente no era un pretendiente, pero estaba más que calificado como ansioso. Levanté mi rodilla y le pisé la parte superior del pie con todas mis fuerzas. Aunque tenía botas de cuero pesadas que suavizaron el golpe, el acto lo sorprendió lo suficiente como para aflojar el agarre, y lancé mi codo hacia atrás, directamente a sus partes masculinas.

Un gemido sordo y agudo salió de entre sus dientes apretados. Sus manos fueron a cubrirle la lesión y no me demoré. Bajé corriendo por el pasillo en dirección a la escalera principal.

—Te atraparé, perra.

Ante la advertencia, volví la cabeza para mirar hacia atrás y mirar al hombre malvado, lo que me impidió ver a otro hombre que se atravesó en mi camino. Corrí hacia él. Una vez más, unos brazos fuertes se cerraron a mi alrededor.

—No. ¡Déjame ir! —Luché contra él con un estallido de energía producto del miedo.

—Rosa. Detente. —La voz me resultaba familiar, pero eso no fue lo que hizo que me quedara inmóvil. Fue su aroma lo que reconocí. *Chance*.

Me calmé inmediatamente y miré a mi amigo, mi salvador. No vi la amabilidad ni la calidez que normalmente veía allí. En vez de eso, vi sus ojos entrecerrados, su mandíbula apretada y un tic que palpitaba en su mejilla. Parecía más un guerrero que un vaquero.

—¿Te lastimó?

Su mirada oscura recorrió mi rostro y luego mi cuerpo mientras me alejaba de él. No me soltó y mantuvo su agarre firme sobre mis hombros. Esta vez, no me importaban las manos de un hombre sobre mí ni su mirada fija. Además del extraño incidente del pulgar de más temprano, esta era la única vez que me había tocado con sus manos enormes y calientes. El peso sólido de su agarre se sintió reconfortante en lugar de restrictivo.

Mi agresor se recuperó un poco y se dirigió hacia nosotros, encorvado hacia atrás.

—Ella me pertenece. —La furia que recubría sus palabras hizo que su tono fuera aún más petrificante que antes. Ahora sabía que si estuviera a solas conmigo, ser violada sería la menor de mis preocupaciones, pues tenía un aspecto peligroso y amenazante que me hizo tropezar un paso hacia atrás contra el cuerpo sólido de Chance.

—Creo que esta mujer no está de acuerdo —contestó Chance.

Asentí con vehemencia, y mi cabello cayó en mi cara. Lo metí detrás de mi oreja.

El otro hombre se limpió la boca con los dedos mientras me miraba fijamente.

—No importa. Estaba afuera en la calle alardeando de sus... atributos. —Su mirada bajó y me estremecí al saber que estaba teniendo pensamientos carnales conmigo.

—Yo no hice eso —contesté con mi voz llena de indignación.

—Si ella hizo lo que usted dijo, entonces le aseguro que será castigada por su comportamiento. Mi... esposa no está bien de la cabeza.

Me volví para mirar a Chance. El hombre también cambió su atención.

—¿Esposa? —dijimos al unísono.

¿Qué clase de mentira estaba diciendo Chance? Ciertamente *no era* su esposa.

—Creo que estamos de acuerdo en que este pequeño incidente nunca ocurrió. No necesito que se corra la voz sobre mi esposa más de lo que la gente quisiera saber que secuestraste a una dama. Pero si vuelvo a ver tu cara, te arrastraré hasta el alguacil después de haberte dado una paliza. —Las palabras de Chance eran firmes y el otro hombre lo sabía. Dio un paso atrás y reconoció que sus planes nocturnos habían cambiado rápidamente.

—Si está tan loca como dice, debería vigilarla más de cerca, señor. —Me señaló mientras se retiraba—. Podría encontrarse con alguien con más atenciones sabrosas en mente.

La ironía de las palabras del hombre no pasó desapercibida para Chance quien me empujó detrás de él y se acercó a mi agresor con los puños cerrados. El hombre sabía que había llegado su hora de irse, y observé el torso ancho de Chance mientras mi captor huía por donde habíamos ingresado, con pasos pesados por las escaleras traseras.

Únicamente los sonidos de la música de piano y las voces provenían desde el salón de abajo. El pasillo estaba desierto ahora. El latido de mi corazón retumbaba en mis oídos, mi respiración era rápida. Chance se volvió y me miró de frente, con las manos en las caderas. No estaba solo agradecida de que me hubiera salvado, me sentía emocionada, pero también avergonzada de haber sido encontrada por él en una posición tan comprometida y débil. Habría podido cuidarme en el rancho, pero tan solo con unos pocos minutos en la ciudad necesité un salvador. También estaba enojada, mi enojo escondía muy bien la humillación.

—¿Por qué dijiste eso de mí?

Sus ojos se entrecerraron como hendiduras.

—La única forma en que la Rosa Lenox que yo conozco haría algo tan estúpido es si no estuviera bien de la cabeza.

Se había ido mi amigo de toda la vida. En su lugar estaba un hombre que no reconocía… intenso, atrevido y muy, muy viril. Siempre había visto a Chance como un hombre, pero no como un *hombre*. Esto era diferente. *Él* era diferente. Aunque su ira estaba dirigida únicamente a mí, no pude evitar apreciar esta nueva versión de Chance Goodman.

—Creo que tú estás mal de la cabeza. ¡Le dijiste al hombre que yo era tu esposa!

Sus cejas se elevaron y sonrió, mostrándome un destello de dientes blancos y derechos junto a su peligroso hoyuelo.

—Lo hice. —Cuando continué fulminándolo con la mirada, él continuó—. El hombre no te habría entregado a mí, sobre todo porque prácticamente lo dejaste sin masculinidad. Tuve que reclamarte.

—No tenías que hacerlo. Arrastrarme físicamente del establecimiento habría sido suficiente.

—No te preocupes, todavía pretendo hacerlo —respondió—. Vámonos.

Me tomó del brazo y me llevó por las escaleras, luego por todo el salón y hacia afuera en la noche oscura. Mantuve la cabeza agachada y permanecí lo más cerca posible del lado de Chance, sin tener ningún interés de quedarme un momento más. El aire estaba frío y fresco y me alivió el hecho de que él me hubiera salvado. Sabía lo cerca que había estado de una situación desesperada y se lo agradecería sin problemas, pero todavía estaba echando humo por su método. Yo no era su esposa ni estaba remotamente loca.

Estaba perdida en mis pensamientos y solamente me di cuenta de que nos habíamos detenido cuando Chance tocó la puerta de una casa pequeña. Mirando alrededor, noté que estábamos en la calle principal, al lado de la cárcel. Después de un momento, la puerta se abrió.

—Buenas noches, alguacil —dijo Chance al hombre, quitándose el sombrero.

¡Alguacil!

—¿Vas a hacer que me arreste? ¡Tú eres el que no está bien de la cabeza, Chance Goodman! —Me alejé de él sacudiendo la cabeza.

El alguacil se apartó de la puerta; la suave luz amarilla del interior de su pequeña casa nos iluminaba a los tres.

—Debería haberte metido en la cárcel para tu propia protección, pero no. No hay cárcel para ti —contestó Chance.

—Señorita. —El alguacil asintió con la cabeza en dirección a mí y luego miró a Chance—. Goodman, cuánto tiempo. ¿Qué puedo hacer por ti?

—Necesito tus servicios —contestó Chance. Iba a

hacer que me arrestaran. ¡El descaro del hombre!—. Como Juez de Paz.

Me congelé al escuchar sus palabras. Juez de…

El alguacil sonrió y yo fruncí el ceño.

—¿De verdad quieres casarte conmigo? —señalé a Chance—. Fue solo una excusa para salir de ese entorno malo.

—¿Entorno malo? —Sacudió la cabeza, tomándose un momento—. Estabas en el segundo piso de la cantina, Rosa, con un hombre que tenía planes para ti que eran menos que consensuados. —Chance negó con la cabeza lentamente con los ojos fijos en mí—. Oh, no. Necesitas a un cuidador, y como le dije al bastardo, serás castigada. No tengo ningún derecho para castigarte, Rosa, a menos que seas mi esposa.

—¿Me vas a golpear? —contesté—. Alguacil, ¿escuchó eso? Me va a golpear.

Las manos del hombre mayor se pasearon enfrente de él como señal de rendición, pero permaneció callado.

—No te voy a golpear —respondió Chance con un suspiro fatigado, se quitó el sombrero y se pasó la mano por su cabello despeinado—. Yo protejo lo que es mío. Tú eres mía, Rosa. Siempre lo has sido. Incluso te protegeré de ti misma.

La boca se me cayó. "Tú eres mía, Rosa. Siempre lo has sido". Esas palabras revolotearon en mi cabeza y me causaron mareos.

—Terminemos con esto, alguacil.

3

HANCE

"¿Terminemos con esto?" repitió Rosa con la voz llena de sarcasmo y sorpresa. La pequeña fiera acababa de empezar. Ahogué una sonrisa, sabiendo que solo haría que su ira se convirtiera en un tornado enardecido si la miraba, pero amaba su espíritu. Ese espíritu, sin embargo, la había puesto en un montón de problemas y ahora no sabía si quería estrangularla o besarla. La estúpida y bella mujer no tenía sentido común al haberse aventurado sola por la noche. Por supuesto, cualquier hombre la agarraría y haría lo que quisiera con ella.

Yo quería hacerlo. Lo había querido por mucho más tiempo del que debería, pero me tomé mi tiempo, pero al menos mis intenciones eran honorables. Ni siquiera la había tocado hasta hoy. Me había mantenido alejado, pues temía hacer algo precipitado, como besarla cuando estaba cerca de mí. Más temprano, cuando se lastimó el pulgar, todo lo que quise hacer fue quitarle el dolor, ni siquiera pensé en mis acciones hasta que tuve la punta suave de su dedo en mi boca. Fue lo más erótico que hice en mi vida. Observar la mirada de sorpresa y... la llama de deseo en sus ojos, hizo que mi decisión de ser paciente se desmoronara. Ahora ya estaba decidido. La tendría; la haría mía y la mantendría a salvo. Si tan solo pudiera conseguir que aceptara el maldito matrimonio, entonces podría asegurarme de eso. Hasta entonces, iría por ahí salvaje e indomable, un peligro para ella misma.

—¡Ni siquiera me lo preguntaste! —gritó. Era tan pequeña a mi lado, bajita y delicada, pero estaba lejos de ser lo último. Feroz, enérgica, desinhibida, sería más apropiado.

—No te quedaste en el rancho el tiempo suficiente para que lo hiciera —respondí.

El alguacil se rio y murmuró algo sobre una pareja exaltada, pero lo ignoramos. Rosa parecía sorprendida, como si no hubiera sabido que se lo pediría. Quizás tuve demasiado éxito en ocultar mi interés.

—Yo... no lo sabía —contestó ella con voz suave.

—Por supuesto que no lo sabías. Eres demasiado joven.

—¡Tengo diecinueve años! —Daba vueltas en círculos y yo la observaba, disfrutando mirarla con una falda y una blusa, un atuendo inusual para ella. Su cabello había estado recogido con un moño en su nuca, pero las pinzas se movieron y dejaron caer salvajes mechones rubios y rizados en su espalda, y se metió algunas hebras caprichosas detrás de la oreja, distraídamente. Nunca había visto desatado su cabello porque siempre estaba metido debajo de un sombrero o en una gruesa trenza que le caía por espalda. Verlo largo y suelto era algo íntimo, algo que únicamente un esposo podía ver. Lo tomé como una señal de que Rosa iba a ser mía y me hizo querer enredar mis dedos allí, envolver los mechones alrededor de mi mano e inclinarle la cabeza hacia atrás para poder besarla. Deseaba reclamar su boca, y muy pronto, reclamar su cuerpo.

—Vine a Clayton para pedírtelo, pero cuando te encontré con ese hombre, tuve que salvarte de que te hicieras daño.

—Me seguiste. —No lo dije como una pregunta.

Me pasé la mano por el cabello y luego detuve sus pasos con una mano en su brazo para que me mirara.

—Yo siempre te he seguido, Rosa. Siempre lo haré.

—Pero dijiste… —Se mordió el labio inferior y frunció el ceño.

—¿Dije qué?

—Más temprano, cuando estaba reparando postes, dijiste que ya no pertenecía al rancho.

Sacudiendo la cabeza, la atraje hacia mí lentamente.

—No, *tú* dijiste que ya no pertenecías al rancho y estuve de acuerdo.

—Es lo mismo —murmuró Rosa sin mirarme a los ojos—. ¿Entonces por qué me dejaste ir?

—Ya no perteneces al rancho Lenox, gatita. Estás siendo sofocada ahí. Tú lo sabes y yo puedo verlo. Lo he visto durante un tiempo, pero más temprano supe que habías decidido que era hora de seguir adelante. El lugar al que perteneces es a mi lado, en el rancho Goodman. Como una Goodman, Rosa Goodman.

Los ojos verdes de Rosa se abrieron de par en par.

—Quieres decir... pensé...

Puse un dedo sobre sus labios.

—Pensaste mal.

El alguacil se aclaró la garganta.

—Esto es conmovedor y todo, pero ¿necesitan mis servicios o no?

—¿Y bien? —le pregunté—. Rosa Lenox, ¿quieres casarte conmigo?

* * *

—¿Por qué volvemos a tu rancho si podríamos habernos quedado en la pensión? —me preguntó Rosa.

Era tarde, pasada la medianoche, la luna había salido e iluminaba nuestro camino. El viaje era de solo una hora hasta la casa del rancho, pero parecía interminable. Con los votos dichos, el beso casto que selló la unión y el alguacil que hubo leído su libro, tenía prisa por llevar a mi esposa a casa.

Rosa estaba sentada de lado sobre mi regazo, su trasero se movía con cada movimiento del caballo, haciendo que mi mente se distrajera y mi pene se pusiera muy ansioso. Lo único que me impedía reclamarla era la distancia de nuestra ubicación con respecto a mi cama.

—No quiero tener audiencia para nuestra noche de bodas. —Me moví, pues me dolía el pene y me sentía incómodo con los pantalones.

—¿Audiencia? Tenía mi propia habitación en la pensión.

La comisura de mi boca se levantó por su inocencia.

—Voy a hacerte gritar de placer, gatita, y te garantizo que todo el mundo te habría escuchado.

—Oh —murmuró y se acomodó en mi regazo un poco más.

Estaba segura conmigo, con mis brazos a su alrededor mientras yo sostenía las riendas y con su cabeza metida debajo de mi barbilla. Su aroma era suave y familiar para mí, pero al tenerla tan cerca, el aroma floral se intensificaba, de alguna manera, olía igual que su nombre. Todas sus hermanas adoptivas fueron nombradas con el nombre de flores y Rosa ni siquiera era la mayor; Caléndula lo era, pero Rosa era la primera en casarse.

—Me engañaste, sabes —dijo mientras subíamos una pequeña colina. Había montañas en la distancia hacia el oeste, pero no estaba lo suficientemente iluminado para evitarlas.

—¿Te engañé? —Puede que la haya seguido hasta Clayton, incluso apliqué un poco de coerción para que nos casáramos, pero ella quería la unión tanto como yo, solo que no había tenido tiempo de considerarla y aceptarla.

La feminidad no era algo de lo que Rosa alardeara. Si un hombre veía más allá de su fachada y se acercaba o expresaba el más mínimo interés, lo redirigía hacia una de sus hermanas. Usaba pantalones y normalmente tenía trozos de heno atrapados en el cabello. Yo era el único hombre al que había dejado entrar en su vida, el único al que le contaba sus secretos. El único hombre que la quería tal como era —con un exterior espinoso que escondía un interior muy apasionado—, era yo y estaba listo desde el día en que cumplió dieciocho años. Demonios, aun entonces esperé otros diecisiete meses. "Engaño" no sería la palabra que usaría. "Paciente" o "listo" serían más apropiadas.

—Le dijiste a ese hombre horrible que yo era tu esposa. No necesitabas hacerlo, y ahora mírame.

No podía mirarla bien desde mi posición, pero podía sentirla. Olerla. Moría por ella. Sus caderas eran delgadas, y sin embargo podía sentir sus exuberantes curvas.

—Te dejaste ser la víctima de un hombre lascivo sin inclinaciones morales —respondí. Yo no me doblegaba ante ella.

Estaba preocupada porque nos casamos, pero estaba enfadada por otra cosa, y no era porque yo le hubiera mentido a ese bastardo. Solo tenía que ser lo suficientemente paciente para averiguar qué era, lo que iba a ser una tarea difícil. Mi paciencia con ella había llegado a su fin.

—Este no era mi plan, Chance. ¡Arruinaste mi plan! —Agitó las manos mientras hablaba, chocando contra mis brazos.

Ah, ahora estábamos en el centro de sus frustraciones.

—¿Arruiné tus planes? ¡Tú t*e escapaste* como una niña! —Respiré profundamente—. ¿Cuáles eran tus planes?

La había escuchado así durante años, había escuchado sus penas desde que era pequeña: un pollo como mascota que había terminado en una olla sopera, una rodilla despellejada tras caer de un árbol, un chico de la ciudad que le había mojado la trenza en tinta, una cuerda que se usaba para cruzar un arroyo en lugar de un puente, interés en dirigir su propio rancho. Con el paso del tiempo, los problemas y planes de Rosa cambiaron, de simples a sofisticados, de infantiles a maduros. Todo el tiempo la había escuchado sin ofrecerle ningún consejo o ayuda. Hasta hoy.

A pesar de que vivía en un hogar amoroso, había allí

demasiada gente, y las otras miembros de la familia fruncían el ceño ante lo que consideraban "las actividades varoniles" de Rosa, cuyas ideas eran ignoradas. *Ella* era ignorada, pero nunca antes había hecho nada lo suficientemente imprudente como para ponerse en peligro.

—Iba a tomar el próximo carruaje que saliera de la ciudad. Este u oeste, no importaba. Simplemente necesitaba irme.

La idea de que se aventurara sola, sin un plan o dirección, hizo que me temblara la palma de la mano. Necesitaba ser tomada antes de que se lastimara y yo no estuviera allí para salvarla.

—¿Solamente con la ropa que llevas puesta? ¿Cuánto dinero tienes?

—Cincuenta y seis dólares.

Pasé mi barbilla suavemente hacia adelante y atrás sobre la parte superior de su cabeza, disfrutando de la sensación sedosa de su cabello. La acción pudo haber parecido suave y reconfortante para Rosa, pero lo hice como una forma de retrasar mis palabras, para permitirme un momento para llevar mi frustración a un nivel manejable y poder hablar con una voz tranquila.

—El hombre de la cantina… supongo que te estaba ofreciendo ayuda en tu aventura —le sugerí con un tono bastante sarcástico. La sola idea de las manos de ese hombre encima de ella hizo que apretara la mandíbula.

—Él fue un… impedimento inesperado.

No pude evitar gruñir por esa subestimación.

—Sé lo que estás pensando —respondió ella.

No, dudaba que lo supiera, porque mis pensamientos se desviaban hacia ella, porque la imaginaba sobre mi rodilla con su culo volviéndose rosado o desnuda o con su boca ocupada alrededor de mi pene.

—¿Ah? —Mi voz tenía un gruñido notable.

—Que fui impulsiva.

—He sido consciente de ello desde hace bastante tiempo —respondí secamente. Nada de lo que había dicho sobre su incursión hacia la libertad me decía lo contrario —. ¿Eres remotamente consciente de las cosas que él te iba a hacer?

—Vivo con dos antiguas dueñas de burdeles —replicó, como si esto la convirtiera en una experta.

—Esas *cosas* que iba a tomar me pertenecen *a mí*, Rosa. ¡A mí! Tu virginidad es mía. ¡Tu cuerpo es mío!

Se retorció contra mi agarre.

—Déjame ir, Chance. —Sentada de lado como estaba, trabajó con destreza para salir del círculo de mis brazos y se deslizó del caballo. Cualquier otra mujer habría aterrizado bruscamente sobre su trasero, pero Rosa era una jinete consumada y aterrizó sobre sus pies con suficiente facilidad y se fue caminando con los brazos cruzados sobre el pecho. Detuve el movimiento del caballo y desmonté, dejando caer las riendas para que el animal pudiera comer la hierba alta.

Rosa era tan espinosa como la flor que lleva su nombre. Tenía que aprender a no acosarla, especialmente cuando estaba enfadada. La quería debajo de mí, no alejándose. Necesitaba saber, sin embargo, cuáles eran sus intenciones. Irse del pueblo sin un plan indicaba desesperación por encima de algo bien pensado. Ahora que era mía, esta impulsividad se frenaría, su imprudencia se reduciría o sería castigada. No permitiría que la lastimaran.

Así que me encontraba en un acertijo. Necesitaba un toque suave mientras que al mismo tiempo una mano firme y conductora. Tenía que aprender a frenar esas maneras imprudentes mientras además le permitía florecer. Necesitaba ceder en sus *planes*, pero aun así dejarla desarrollarse. Todo lo que Rosa tenía que hacer era dejarse llevar y yo la ataparía. Simplemente ella no lo entendía y esto iba a ser una batalla de voluntades, pero mientras tanto, había una forma de que pudiéramos ser iguales y yo se lo mostraría con suficiente facilidad una vez que le pusiera las manos encima...

—Rosa —llamé—. Ahora eres mi esposa. Nunca te dejaré ir.

—¡Yo quería ser libre! —Se detuvo, como una figura amorfa y fantasmal bajo la luz de la luna.

—¿Libre? ¿Libre? ¡Sola y vulnerable *no* es ser libre! Casi pagas el precio esta noche con ese bastardo.

—Iba a dirigir mi propio rancho en alguna parte. Pronto el Territorio de Montana será un estado y quiero ser conocida como la mejor de toda Montana.

—¿Por ti misma? Incluso en las tierras de los Lenox tienes a Gran Ed para que te ayude.

Le hablé a sus espaldas y esperé a que se diera la vuelta. Una palabra y la giraría para que me mirara, aunque me daría una mirada amarga, como una mezcla de saliva con vinagre. Tenía que proceder con extremo cuidado, lentamente, como si fuera una yegua lista para reproducirse: asustadiza pero excitada, nerviosa e irritable.

—No necesito ayuda. —Sus palabras fueron claras, pero su convicción se estaba desvaneciendo—. Soy buena dirigiendo un rancho.

—¿Sin tierra? ¿Sin acciones? Ahora eres una Goodman y me ayudarás a dirigir el mío. El nuestro. No tienes que hacerlo sola, gatita.

Se dio la vuelta, caminó hacia mí y me señaló en el pecho.

—*No* soy tu gatita.

4

 HANCE

La tomé de la mano y la apreté contra mi pecho mientras colocaba la otra palma de mi mano alrededor de su nuca. Me quité el sombrero para que cayera al suelo mientras bajaba la cabeza y la atraía hacia mí para darle un beso. Este no fue el toque casto de labios de la ceremonia de la boda. Esto... *esto*... era lo que había soñado, lo que había esperado. Sus labios eran carnosos y suaves y cuando los separó para jadear, aproveché la oportunidad para profundizar en ellos. Mi lengua se introdujo en su boca, saboreándola por primera vez. El puño presionado contra mi pecho se relajó y sus dedos se enrollaron una vez más, pero esta vez para agarrar mi camisa para sujetarse. Incliné su cabeza como quise, tocando su lengua atrevidamente con la mía, lamiendo sus dientes, mordiendo su labio inferior. Era una novata sin haber sido probada, una virgen que nunca había sido besada, y eso hizo que mi sangre bombeara y mi pene pulsara contra su vientre. Ningún hombre la había tocado antes y lo supe al escuchar los pequeños sonidos de sorpresa y anhelo que se le escaparon de la garganta. Encontré la comisura de su boca, la besé allí, en su mejilla, en su oreja.

—No. No eres mi gatita ahora mismo —susurré con mis labios ligeros como plumas en la delicada curva de su oreja—. Eres mi pequeña gata salvaje.

Rosa lucharía conmigo en todo, se sentiría como si la hubiera acorralado como a una potra salvaje, de eso no tenía ninguna duda, pero sería todo un viaje el descubrimiento de cómo debería ser. Pero nada de esto era una preocupación para resolver esta noche. Esta noche la haría mía, le mostraría el placer que podría encontrar al ser mi esposa, le mostraría la pasión que había en su interior y le daría una manera de exteriorizarla, porque no había mejor salida para su naturaleza intensa y salvaje que dejarla salir con una follada.

—Ni siquiera sé por qué pensé en hacerte mía en una cama. Te voy a tomar, Rosa, aquí y ahora. Quieres ser libre, gatita. Te liberaré. —Mi voz sonó ronca, mi respiración profunda, mi necesidad era demasiado grande para esperar un momento más.

Retrocedí lo suficiente para poder desabrocharle la blusa, pero los botones eran bastante pequeños para mis dedos grandes. ¡Pequeños botones ridículos! Tomé los dos lados y tiré de ellos, la tela se rompió fácilmente.

—Chance —gimió—. Oh, sí.

Los botones salieron volando en la oscuridad y le quité la blusa con facilidad, luego la dejé caer al césped a nuestros pies. Amaba el sonido de su respiración.

—¿Qué demonios es esto? —pregunté, pasando mis dedos sobre la tela blanca que le envolvía el torso. Brillaba con la luz de la luna y parecía como si ella fuera una momia desde la clavícula hasta el ombligo.

Rosa agachó la cabeza y pasó una mano por la tela.

—Yo… no uso corsé.

—*Eso* puedo notarlo. —Tiré de la tela ceñida, pero no pude encontrar la forma de quitársela—. Lo que no entiendo es su finalidad.

—Mantiene mi… busto minimizado.

Mis dedos se detuvieron con sus palabras. Por ser una mujer bajita, siempre asumí que era pequeña en todos lados, que sus senos eran pequeños y coquetos. Soñaba con sus senos y en cómo se sentirían en mis manos. Sin embargo, esta información fue una sorpresa y ya no podía esperar para "desenvolverla", literalmente de hecho, como un obsequio de navidad.

—¿Cómo demonios se quita esto?

Las manos de Rosa se dirigieron a su cadera izquierda, donde pude notar que había un pequeño nudo. Tanteé brevemente y se deshizo, la longitud de algodón suave cayó y dio vueltas detrás de ella. Intrigado y fascinado a la vez, tomé el extremo de la cola y tiré, lo que hizo que Rosa diera vueltas. Era como deshacer un extremo deshilachado de un suéter tejido, tirando y tirando hasta que solo quedara una pila de hilo. En este caso, Rosa dio vueltas alrededor como un trompo, lentamente, porque yo estaba disfrutando la idea de desenvolver a mi esposa hasta que lo último de la larga tira estuviera en mi mano y ella desnuda de la cintura para arriba. En vez de volverse hacia mí, me dio la espalda, con los brazos encima para cubrirse.

Su piel era muy pálida a la luz de la luna, de un blanco resplandeciente, y su cabello rubio parecía oscuro en comparación. Podía ver la sombra de la larga línea de su columna vertebral. Rosa no se giró y yo sonreí interiormente ante la modesta acción de una mujer que se mostraba siempre tan desenfrenada. Hacía un momento me estaba gritando, furiosa, y ahora estaba callada, recatada. Dando un paso hacia ella, puse mis manos sobre sus hombros, lo que hizo que se pusiera rígida brevemente, y deslicé su largo cabello de modo que descansara sobre un costado. No pude evitar besar la elegante línea de su cuello. El aroma de su piel era embriagador, dulce y floral, una fragancia que nunca olvidaría.

Sentí el latido frenético de su pulso debajo de mis labios y besé a lo largo de ese camino vertical que llevaba hasta su mandíbula y bajaba hasta la unión con su hombro. Debajo de las puntas de mis dedos, su piel era suave como la seda y sentí cómo se le ponía la piel de gallina mientras bajaba por sus brazos y por encima de sus antebrazos que permanecían cruzados. Era una noche cálida y sabía que era mi toque la causa, no por escalofríos. Sosteniéndole suavemente cada muñeca, le bajé las manos a los lados mientras mis labios la besaban a lo largo del hombro derecho. Desde mi ventajoso punto de observación, podía apreciar las curvas llenas y gordas de sus senos con pezones muy oscuros en contraste. Sus respiraciones rápidas provocaban que se movieran y no pude evitar el gemido que se me escapó. Tenía que tocarlos, palparlos, *sentirlos*, porque eran tan diferentes a los de mis fantasías. Eran más.

—¿Por qué los escondes, gatita? —murmuré suavemente—. Son la perfección.

Envolviendo mis manos alrededor de ella, cubrí los senos con mis manos —no eran pequeños en lo absoluto sino un puñado perfecto— y su cabeza cayó hacia atrás contra mi pecho.

—Porque… oh, Chance, eso es…um… —Se lamió los labios.

—¿Por qué? —pregunté de nuevo, complacido al ver que era tan receptiva. Pasé mis pulgares sobre las puntas regordetas suavemente y disfruté cómo se apretaron en pequeñas puntas perfectas.

—Porque me hacen ver demasiado curvilínea. —Eso era verdad, ciertamente. Para su cuerpo pequeño, eran bastantes generosos—. Y porque de lo contrario es muy incómodo montar a caballo —añadió.

La larga tira de tela era una comodidad. En lugar de levantar y mejorar las curvas de una mujer como lo hacía un corsé, la solución de Rosa le permitía completar tareas en el rancho que habrían sido complicadas por sus atributos. Una figura exuberante como la suya también atraería la atención masculina no deseada. Solo por eso, estaba agradecido a su invento que había escondido muy bien sus atractivos hasta que yo, su esposo, los descubrí.

—Creo que disfrutarás tenerlos sueltos. —Y yo también lo haré.

Tomando cada pezón entre mi pulgar e índice, tiré de ellos y escuché su gemido. Fue una combinación de un grito y una exhalación, pero hizo que mi pene se pusiera más grueso y mis caderas se movieran hacia la parte baja de su espalda. No podía seguir negándome a mí mismo —a los dos— por más tiempo. Agarrándola por las caderas, la hice girar y me arrodillé para tener la vista perfecta de esas curvas secretas que brillaban a la luz de la luna, con forma de gotas perfectas y pezones anhelantes. Solo tuve que mover la cabeza unos centímetros para llevarme uno a la boca y poner la punta firme sobre mi lengua. Las pequeñas manos de Rosa se enredaron en mi cabello, tirando de mí, manteniéndome en el lugar. Chupé y lamí un pezón perfecto con mi boca, probando su dulce carne ilícita, con mi mano cubriendo el otro mientras mis dedos estimulaban el otro pezón. Escuché sus gemidos, sentí su respiración rápida sobre mi boca y pude sentir el latido frenético de su corazón bajo mi mano.

—¡Chance, oh!

Dejé que mis manos vagaran, arriba y abajo de su elegante espalda y alrededor de su cintura, pero la falda era un impedimento. Jugueteé con el cierre, luego dejé caer la tela y me puse a sus pies mientras cambiaba para chupar el otro seno.

Sentado sobre mis talones, la aprecié: sus pies cubiertos por botas, medias y esas lindas cintas que las sostenían, un pequeño trozo de muslo cremoso que estaba expuesto debajo de calzoncillos blancos, el pequeño apartado de su ombligo, los senos grandes, las delicadas clavículas, el delgado cuello, los labios regordetes, y luego... unos ojos salvajes por su primera excitación.

—Eres tan hermosa, gatita.

Negó con la cabeza y un largo mechón de cabello se deslizó sobre su hombro para rozarle un pezón. Me sentí celoso de un rizo caprichoso. Luego uno de sus brazos se levantó para cubrir los senos.

Negué con la cabeza.

—Oh, no. Ahora eres mía. Cada hermoso centímetro. No te vas a esconder de mí. Sabré todos tus secretos. —Tomé la mano que ella usó para cubrirse y la puse sobre mi hombro para que se pudiera sujetar mientras le quitaba las botas—. Solo hay un secreto más, gatita. —Luego tiré de la pequeña cinta de la cintura y dejé que la tela suelta cayera al suelo.

Sentí sus uñas clavarse en mi hombro por encima de mi camisa. Su vagina —demonios— era perfecta. La noche oscura, demasiado oscura, no me permitía discernir sus bonitos pliegues rosados, pero pude ver que el vello que lo protegía era del mismo color pálido que el de su cabello.

Mi liberación hormigueaba en la base de mi columna vertebral y sabía que si sacaba mi pene de mis pantalones, todo habría terminado. Había esperado demasiado tiempo por este momento, pero Rosa era virgen y necesitaba estar lista. "Temerosa" o "nerviosa" o "modesta" no eran adjetivos que usaría para describir a una mujer que estaba lista para ser reclamada por primera vez. Mi trabajo era prepararla, así que hice lo que anhelaba hacer y bajé la cabeza para saborearla.

—¡Chance! ¿Qué estás haciendo? —En lugar de agarrarme con los dedos, me empujó en los hombros, sorprendida por mi gesto atrevido. Solo la había tocado con la nariz antes de estar de nuevo sobre mis talones.

—Voy a comerme tu preciosa vagina. Espera. —Envolviendo un brazo detrás de su rodilla, le levanté la pierna y la puse sobre mi hombro para que estuviera bien abierta para mí. Puede que peleara conmigo en esto, pero al final ganaría yo, aunque no era una competición. En cuanto descubriera lo bien que podía hacerla sentir, querría más. Con la punta de un dedo, pasé por su hendidura con el más ligero de los tactos, hacia adelante y hacia atrás, y la encontré resbaladiza y caliente antes de separar sus regordetes labios inferiores y encontrar su clítoris. ¡Allí!

Bajé la cabeza de nuevo, esta vez aplané la lengua y la lamí en el camino que había tomado mi dedo, hasta terminar con un pequeño golpe sobre su sensible nudo. Esta vez, cuando gritó mi nombre, fue por una razón completamente diferente; sus caderas se doblaron y le envolví un brazo alrededor, la palma de mi mano se sujetó a su exuberante trasero y la sostuve firmemente. Le sonreí complacido con su respuesta.

Su sabor era delicioso, dulce, pero diferente a cualquier cosa que hubiera probado. Era perfectamente Rosa, y yo era adicto a ella. Su carne estaba caliente, húmeda, y hervía en mi lengua. La forma en que respondió, la forma en que se puso tensa y tiraba de mi cabello mientras yo estimulaba ese manojo de nervios me tenía ansioso por saber su respuesta cuando estuviera enterrado en lo más profundo de ella. Primero, ella se correría y yo observaría el momento cuando encontrara su primer placer y bebería hasta la última gota de su esencia.

Con mi mano libre, encontré su abertura virgen e introduje un dedo lentamente. Al instante, sus paredes interiores se contrajeron, manteniéndolo allí. Estaba ajustada, tan jodidamente ajustada, y apenas era mi dedo, seguramente me estrangularía el pene. Una vez que estuviera metido en lo más profundo de ella, podría avergonzarme fácilmente y correrme como si fuera un adolescente cachondo, pero tenía que recordar que todo esto era para Rosa. Su primera vez tenía que ser solo sensaciones, una dulce dicha, y yo se la daría. Era mi derecho. Era mi privilegio y su placer.

Moví mi dedo, imitando el movimiento de lo que mi pene haría en poco tiempo. Me moví hacia adentro y hacia afuera, deslizándome un poco más cada vez, descubriendo su himen rápidamente, esa asombrosa barrera que guardó su dulce vagina solo para mí. No lo rompería con el dedo, sino con mi pene, así que me retiré, cambiando a hacer círculos y provocarla.

—Chance, oh, Dios mío. ¿Qué me estás haciendo?

No respondí, solo continué, porque sabía que estaba cerca. Con los rápidos movimientos de mi lengua y los movimientos de mi dedo, no pasó mucho tiempo antes de que sus uñas se clavaran en mi cuero cabelludo y los músculos de sus muslos se apretaran mientras se corría. Levanté la mirada para apreciar su cuerpo perfecto y vi su cabeza echada hacia atrás mientras gritaba; la tranquilidad de la suave y cálida noche se rompió con sus gritos de placer. Era increíble de ver, delicioso de sentir contra mi hombro, mi mejilla, mis manos, y exquisito para saborear. Sus jugos abundantes prepararon su cuerpo para mi pene.

5

A MEDIDA que su orgasmo disminuía, sus músculos se volvieron laxos y la bajé suavemente al suelo, separando su larga falda debajo de ella rápidamente. Sus ojos estaban cerrados, su boca abierta respiraba con dificultad y la transpiración en sus senos y vientre brillaba a la luz de la luna. Una de sus piernas estaba doblada a la altura de la rodilla, sus muslos permanecían separados de una manera que habría encontrado poco modesta si no estuviera tan saciada. Aproveché el momento y me desabroché los pantalones, mi pene se liberó y apuntó hacia la mujer que iba a llenar.

No me tardé, sino que me agaché y coloqué mis manos a cada lado de su cabeza. Usando mis rodillas, separé sus muslos, posicioné mis caderas en la cuna de las suyas. Mi pene chocó contra su carne caliente y húmeda y gemí.

—Gatita, mírame. —Mi voz sonó profunda y áspera mientras salía a través de mis dientes apretados.

Sus ojos se abrieron y me miró, tan inocentemente, tan dulcemente, tan excitada que no pude resistirme a bajar la cabeza y besarla. En vez de ser tímida, su lengua se encontró con la mía y el beso se volvió carnal. Sus movimientos eran inocentes y tenía mucho que aprender, pero su entusiasmo tenía voluntad propia. Mis caderas se movieron por sí solas, empujando mi pene sobre sus pliegues resbaladizos, y luego la dura longitud se acomodó en su abertura.

Levanté la cabeza, me encontré con la mirada nublada de Rosa.

—Eres mía, Rosa, así como yo soy tuyo.

No podía esperar. Deseaba con cada músculo de mi cuerpo no solo llenarla, sino reclamarla. Después de esto, no había vuelta atrás, sería mía completamente. Empujando hacia adelante, la cabeza ancha de mi pene la abrió. Estaba tan ajustada, tan caliente que siseé mientras me hundía lentamente en ella. Solo el sonido de nuestra respiración y los grillos lejanos flotaban en el aire. La luz de la luna hizo que sus ojos sorprendidos brillaran y su piel resplandeciera. Sus pezones seguían bien apretados y su cabello se desplegaba como una cortina gruesa detrás de su cabeza. Cuando me topé con la barrera de su virginidad, supe entonces que estaba en casa. Aquí era donde tanto quería estar. El rancho Goodman podría arder hasta los cimientos. Los saltamontes podrían llegar y comerse toda la hierba. Las vacas podrían morir de un ventarrón. Nada de eso me importaba mientras estuviera con Rosa. Quería llenarla como ella me había hecho a mí.

—Mía —susurré, bajando la cabeza para besarla

cuando rompí cuidadosamente la última barrera para convertirla en la señora de Chance Goodman. Me tragué su grito de dolor con mis labios, la calmé con los gestos de mi lengua. Bajando mis antebrazos, froté su rostro con una mano y sequé una lágrima perdida que se había deslizado por su mejilla.

Estaba completamente incrustado dentro de Rosa, con la cabeza de mi pene empujando en la entrada de su vientre. Sus paredes internas se apretaban fuertemente, como si su cuerpo tuviera miedo de que me fuera. Las manos de Rosa me empujaron, luego tiraron de mis hombros mientras sus caderas trataban de moverse bajo mi peso. No me detendría, no me relajaría en absoluto, porque la única manera de que ella se acostumbrara era que conmigo permaneciendo adentro.

No fue fácil. Demonios, una extracción de dientes por el médico del pueblo era menos dolorosa que mi pene en lo más profundo de su ser, y no poder moverse. Necesitaba tiempo para dejar que el dolor cediera, porque una vez que empezara a moverme, no habría forma de detenerme. Tampoco ella querría que lo hiciera.

—No más dolor —murmuré—. Solo placer, gatita. Solo placer.

Asintió con la cabeza en pequeños movimientos cortos, aunque probablemente dudaba de mí. Cuando, y solo cuando, se relajó debajo de mí, sus dedos se aflojaron en mis hombros, sus muslos se relajaron en mis caderas, tiré hacia atrás, lenta y fácilmente, mientras ella goteaba, mojada. Justo entonces me deslicé completamente dentro de ella una vez más.

Sus ojos se abrieron, sus labios se separaron.

—Oh —susurró ella.

Sonreí.

—¿Te gusta?

Esta vez cuando asintió, había menos preocupaciones y más deseo. Así que lo hice de nuevo. Rosa movió las caderas y arqueó la espalda y me deslicé hacia adentro un poco más, y esta vez ambos gemimos.

—Santo cielo, gatita, te sientes tan bien.

—Sí, Chance. Yo... no tenía ni idea. —Se lamió los labios y eso hizo que bajara la cabeza, y me lamiera en el mismo lugar. La besé cuando empecé a moverme de verdad. Ella era tan pequeña en comparación con mi gran cuerpo que intenté tomarla suavemente, pero cuando levantó sus caderas y comenzó a encontrarme embestida tras embestida, no pude contenerme. Se suponía que iba a ser una tierna y dulce primera vez, pero ella no tendría nada de eso. Por supuesto que no lo haría. Ella era Rosa. *Mi* Rosa. Lo hacía todo con celo, con todo su ser y eso incluía follar. Así que no me contuve. Me zambullí en ella y su cabeza cayó hacia atrás, la agarré de la cadera, la incliné y empecé a follarla. Duro.

—¿Lo quieres duro, Rosa?

—¡Sí! —gritó—. Más.

El sudor goteaba por mi sien mientras mi aliento salía con fuerza de mis pulmones. Relajé mi agarre en su trasero —seguramente tenía marcas allí— y agarré la parte interior de su rodilla, empujando su pierna hacia atrás para que se abriera por completo, lo cual me permitió tomarla más fuerte, más rápido y más profundamente.

—Va... va a pasar de nuevo. No, no te detengas. Por favor, Chance. Necesito…

Rosa no dijo nada más porque clavé mis caderas en las

suyas, mi cuerpo rozaba su clítoris mientras se venía. Esta vez, en vez de gritar, gritó mi nombre, y luego perdió la voz por completo. Me tomé un momento para observarla venirse, pero no pude concentrarme por mucho tiempo. Mi necesidad básica se apoderó de mí, mis pelotas se prepararon y mi semen se disparó potentemente hacia adelante. Me corrí con mi propio grito, llenándola con el pulso tras pulso de mi semen, que la marcaba. La había hecho mi esposa al declararla como tal el alguacil más temprano. Ahora también era mía en cuerpo.

* * *

ROSA

Chance estaba rebasando sobre mí, la carga de su peso sobre su antebrazo, su cabeza reposada en mi cuello, su aliento cálido mezclándose con el mío. Todavía me llenaba, aunque podía sentir la humedad que se filtraba de mi... vulva, pero no tenía energía para moverme, para cuestionar nada. Las estrellas arriba de nosotros brillaban y se esparcían como polvo por el cielo, titilando desde la inmensidad, la cual me hizo sentir muy pequeña, como la pradera de Montana también podía hacerlo. En este momento, era Chance quien me hacía sentir pequeña con su tamaño tan grande, tan viril y tan potente.

No tenía ni idea de que esto sería *así*. Me lo había imaginado… agradable, pero esto había sido como los fuegos artificiales que había visto en las celebraciones del 4 de Julio. Me sentí como si hubiera tocado las estrellas en el cielo, y fue Chance quien me hizo sentir así.

Subí y bajé mi mano por su espalda distraídamente.

—Tienes puesta toda tu ropa —comenté. Podía sentir sus pantalones en mis muslos, su camisa no solo en mi mano, sino también en mis senos desnudos y mi vientre.

—Tú tienes tus medias puestas —replicó. Levantando la cabeza, me miró. Estaba demasiado oscuro para ver mucho, pero pude distinguir su sonrisa, un destello en sus ojos—. ¿Quieres que me quite la ropa?

Era una pregunta peligrosa para una doncella, aunque ya no lo era. Si decía que no, entonces no tendría la oportunidad de sentir su piel cálida, de ver cómo lucía el vello de su pecho y comprobar si encajaba con mi imaginación. Le había echado un vistazo en la apertura de su camisa una o dos veces, pero nada más. Había visto el vello oscuro en sus antebrazos musculosos, pero nunca más arriba. Me preguntaba si sus piernas tendrían un vello similar. Y luego estaba su hombría. Lo sentí grande e hinchado dentro de mí, pero ¿qué aspecto tenía? Si le decía que sí a su pregunta, ¿me consideraría una mujer suelta? Me mordí el labio, sin saber qué decir.

—¿Quieres hacerlo, gatita?

Puse los ojos en blanco ante la ridícula palabra tierna. ¿Quién llamaba "gatita" a alguien? Estaba olvidando su pregunta. Me miró cuidadosamente, incluso con seriedad. Era Chance y no podía mentirle. Él conocía mis secretos, ahora más que nunca.

—Sí —susurré.

Cuando una sonrisa se expandió por su rostro, supe que había respondido correctamente y el alivio —así como el calor— pasaron a través de mí cuando se sentó de nuevo en sus caderas. Solo entonces su pene se salió de mí y un chorro de humedad se filtró a su paso. Mis piernas estaban colocadas a ambos lados de las suyas y estaba abierta de par en par. Desnuda. Expuesta. Traté de tirar de una pierna hacia atrás, pero él negó con la cabeza.

—No puedes ser tímida ahora. —Se quitó la camisa y me olvidé por completo de esa timidez mientras observaba cómo revelaba centímetro a centímetro de su cuerpo. Estaba oscuro, bastante oscuro para poder verlo, pero la luna era brillante y lo suficientemente amplia. Solo cuando tiró la camisa al suelo a mi lado pude apreciar su masculinidad.

—Dios mío —murmuré.

Miró su cuerpo y luego a mí.

—¿Habías visto un pene antes? —Levantó una mano—. Espera. No respondas a eso. La única respuesta que puedes dar es no.

Era mi turno de sonreírle a su posesividad.

—No. Nunca había visto uno antes. —Lo miré, hipnotizada, e incluso jadeando al verlo palpitar, y luego se alargó ante mis ojos.

—¿Ves lo que me haces? —preguntó.

—¿Está... está siempre así? —Me apoyé sobre mi codo para poder ver mejor. No podía discernir el color en la oscuridad, pero el monte de vello en la base era de un color similar al de su cabeza, sus antebrazos y el de su pecho. Su pene era grueso y largo y podía ver una sombra de una vena corriendo a lo largo del costado. En la parte superior, era amplio y ancho. En general, era bastante imponente—. ¿Eso cupo dentro de mí?

—¿Contigo alrededor? Sí.

—Yo... no lo sabía.

—Bien —contestó y vi una expresión de satisfacción

en su rostro. Parecía muy contento de haber sido él quien me desfloró—. ¿No sabías qué, exactamente?

Estaba agradecida por la oscuridad porque me sonrojé. Una tontería realmente, considerando lo que acabábamos de hacer y dónde había tenido puesta su boca, pero lo hice de igual modo.

—No puedo decirlo.

Levantó una ceja mientras se sentaba en su camisa, se desabrochó las botas y luego se quitó los pantalones. Lo observé durante todo el tiempo y ni siquiera había pensado en cerrar mis piernas y se puso de rodillas entre ellas una vez más. Colocó una mano en el suelo junto a mi cabeza, bloqueando mi visión de las estrellas.

—¿Qué, gatita? Nada de secretos.

—Es un poco embarazoso. Bastante, en realidad.

—Te prometo que no me reiré. —Su mirada se posó sobre mis senos y comenzó a acariciar mi hombro con un dedo suavemente, mi clavícula y luego más abajo, curvándose sobre el relieve de mi seno. Arqueé mi espalda por su tacto. No tenía ni idea de que se sentiría tan bien, o que él encontraría mis senos tan fascinantes. Luego apartó la mano.

—Chance —respondí, haciendo un puchero. Me gustaba su mano ahí explorándome.

—Dime.

Iba a contener su tacto hasta que hablara.

—Pensé… que cuando una pareja… um, lo hacía…

—¿Follaba? —añadió.

—Bueno, sí.

—Dilo, gatita.

—Cuando una pareja follaba…

—Buena chica.

Respiré profundo, lo dejé salir.

—Pensé que cuando una pareja follaba el hombre era como un toro.

6

Cerré los ojos y le pasé el brazo por encima. Allí, no podía verlo ahora. Su dedo volvió a la suave caricia en mis senos. Parecía que si Chance conseguía lo que quería, yo conseguiría lo que quería a cambio. Sentí cómo mi piel se calentaba al más ligero de los tactos de la punta de su dedo. Permaneció en silencio, solo moviéndolo, y luego retrocediendo por completo.

Antes de que me diera cuenta de lo que había pasado, me tenía por la cintura y volteada. Saqué las manos para no caer sobre mi cara y Chance tiró de mis rodillas, así que estaba en cuatro patas. Se acercó detrás de mí, sentí los vellos de su pecho haciéndome cosquillas en la espalda mientras se cernía sobre mí. Estaba caliente, su piel irradiaba calor como una estufa de hierro fundido en enero.

—¿Quieres decir así? —preguntó con voz ronca.

No supe lo que quería decir hasta que sentí su... pene empujando en mi entrada una vez más. Debió de haber estado sosteniéndolo, guiándolo sobre mí, porque lo usó con mucha precisión, como un arma decadente. Se deslizó sobre mi piel caliente y resbaladiza, golpeó ese punto que había lamido hacía poco tiempo y me había hecho sentir increíblemente satisfecha.

Entonces sentí su dedo —era demasiado pequeño para ser su pene— deslizándose dentro de mí. Lo apreté con fuerza con mis músculos internos, las sensaciones provocaban que gimiera.

—Me encanta sentir mi semen dentro de ti, sabiendo que te he marcado como mía.

—Chance, eres muy posesivo —le dije con voz áspera.

Lo sentí darme besos en mi columna vertebral mientras me follaba lentamente con su dedo. Fue notablemente amable y sorprendentemente tierno. Me encantó. Cuando alcanzó mi cuello con su boca, me susurró.

—¿Quieres que yo sea el toro, gatita? —Sacó su dedo y sentí que lo reemplazó por la cabeza ancha de su pene en mi entrada, luego empujó hacia adentro. Estaba demasiado pegajosa para resistirme —no es como si quisiera hacerlo— y me llenó de un solo golpe.

—¡Oh! —grité. No hubo dolor esta vez, solo un placer increíble. Era diferente de esta manera; él pudo entrar más profundamente, llenándome tanto que me sentí como si fuéramos uno. Luego se retiró hacia atrás, casi hasta el final, y pude sentir que mis labios se extendían y se aferraban a él.

—Voy a follarte ahora. —Su voz estaba llena de intención y definitivamente no era una pregunta. No estaba preguntándome si estaba dispuesta a que me follara otra vez. Simplemente iba a hacerlo.

—Sí —contesté, me gustaba la forma en que estaba haciéndose cargo. Yo no tenía ni idea de lo que hacía, pero él sí y estaba agradecida por ello. Quería que me enseñara todo lo que podíamos hacer juntos. Y por una vez, no tuve que pensar. Solo podía *sentir*.

Y luego se movió. No fue gentil. Había sido gentil antes, pero ahora no. Me di cuenta de que se había contenido, pero ya no más. Se retiró hacia atrás y entró a toda velocidad, con sus caderas golpeando con fuerza mi trasero y el sonido de carne sobre carne llenó el aire. Esto no era romántico. Esto no era dulce. Era carnal. Esto era apareamiento. Era animal. Y me encantó.

—¡Sí! —grité.

Mis senos se balanceaban por debajo de mí con cada penetración profunda. Las grandes manos de Chance agarraron mis caderas y me tomó, llenándome una y otra vez. Todavía estaba excitada desde la última vez que encontré mi placer, y todo mi cuerpo estaba despierto y sensible a todo lo que Chance estaba haciendo. Adentro, su pene se deslizaba por lugares que cobraban vida, que enviaban calor y brillo a través de mi cuerpo. Mis pezones se tensaron, mi cuerpo estaba húmedo de sudor, incluso en la suave brisa. Mis manos agarraron la suave hierba más allá de la tela de mi falda como si me anclaran al suelo, porque de un golpe perfecto y profundo, me hizo arder una vez más. Grité, dejando que hiciera lo que quisiera, porque se sentía... tan... bien. No solo estaba tomando, estaba dando. Dándome el placer más sublime que jamás había sentido.

Era consciente de que me estaba moviendo, pero no

me importaba, el placer continuó. Sentí uno de los brazos de Chance en mi cintura, sujetándome hacia él. Me levantó y me sentó en sus muslos como si fueran una silla, de espaldas a su frente. No podía hacer nada desde esta posición excepto dejar que me levantara y me bajara. Pude sentir su pene llenándome, presionando profundamente mientras su otra mano cubría un seno y me pellizcaba un pezón.

—Una vez más, gatita —suspiró—. Córrete una vez más y me iré contigo.

Pellizcó la punta tierna y luego tiró de ella. Siseé un aliento cuando me picó, pero se transformó en calor, como si una manta calentara mi cuerpo, y el delicioso dolor mezclado con su pene tan increíblemente profundo hizo que todo mi cuerpo se endureciera, se tensara, y esta vez, no hubo palabras.

El aliento de Chance estaba caliente en mi cuello, su gemido de terminación era una especie de rendición, y sentí cómo su pene se engrosaba dentro de mí mientras me cubría de nuevo con semen caliente y espeso. Mi cabeza cayó en su hombro. Me sentía bien y completamente reclamada y no había nada que quisiera hacer al respecto. Si así era ser la señora de Chance Goodman, no era tan malo después de todo.

Me desperté con la luz del sol, en una cama suave, una habitación extraña y un hombre desnudo debajo de mí. Recordé a Chance ayudándome a vestirme después de que él... me follara, no una sino dos veces. Sin embargo, no me volvió a poner toda mi ropa, ya que había metido mis calzoncillos en su alforja. Más tarde, recuerdo vagamente haber sido llevada en brazos, pero eso fue todo. Ahora estaba caliente y sorprendentemente cómoda mientras yacía acostada sobre Chance, usándolo como mi almohada. Mi cabeza encajaba perfectamente debajo de su barbilla y estaba a horcajadas en uno de sus muslos. Mis senos estaban presionados contra su pecho sólido y sentía su respiración, que incluso se elevaba y caía debajo de la palma de mi mano.

Nunca antes me había acostado con un hombre, y mucho menos *sobre* uno.

En poco tiempo, tal vez doce horas más o menos según el ángulo del sol en la ventana, mi vida había cambiado por completo. Ahora era la señora de Chance Goodman, pues dejé a Rosa Lenox en la pradera cuando él me quitó la virginidad.

—¿Estás dolorida? —La voz de Chance estaba ronca por el sueño. No se había movido en lo absoluto, pero de alguna manera sabía que yo estaba despierta. Una mano se posó sobre mi espalda y comenzó un lento deslizamiento hacia arriba y hacia abajo.

Era bueno que no pudiera verme la cara porque sentí que mis mejillas se calentaron.

—No estoy acostumbrada a hablar de esas cosas —contesté como una solterona quisquillosa.

—¿De qué? ¿De tu vagina? ¿De follar? Esperaría que no.

—¿Por qué lo llamas así? —le pregunté.

Levantó su rodilla para que montara su muslo, mi vagina rozaba su músculo duro. Gemí por el contacto. Nunca me había sentido así cuando montaba a caballo o tocaba esa parte de mi cuerpo. ¿Por qué respondía así con Chance?

—Es tu vagina porque te hace ronronear cuando la acaricio. Y por eso te llamo gatita. No solo eres una pequeña gata salvaje, sino que sabía que serías una amante apasionada.

Volví mi rostro en su pecho, pero él no lo permitió.

—Mírame, Rosa.

Esperó pacientemente a que girara la cabeza de modo que mi barbilla descansara sobre su pecho. Sus ojos estaban oscuros, su mejilla áspera con el comienzo de una barba. Necesitaba afeitarse, pero yo no quería que lo hiciera. Nunca lo había visto tan despeinado y sentí una gran satisfacción al saber que yo lo había puesto así. Que yo era la única que lo veía así.

—No hay vergüenza en mostrar tu cuerpo, en decirme lo que se siente bien y luego dejarme dártelo. Tú me perteneces. Tu cuerpo me pertenece. —Empujó su muslo un poco más arriba—. Esta deliciosa vagina me pertenece.

Me giró de modo que yo quedé de espaldas y él cernido sobre mí, bajó una mano entre mis piernas para acariciarme suavemente, observándome con atención.

—Ahora, responde a mi pregunta. ¿Estás dolorida?

No estaba dolorida, pero me sentía bien usada, como si en lugar de montar a caballo, hubiera sido yo la que había sido montada. Tal vez, lo había sido.

—No —contesté, con mi cuerpo despertando bajo su ligero tacto.

—Anoche estaba demasiado oscuro para verte.

Se movió de nuevo, bajando su cuerpo para estar sentado entre mis muslos, sus manos grandes los separaron por completo.

—¡Chance! —Intenté apartarlo por una rápida llamarada de modestia, pero no lo hice. Él era demasiado grande, demasiado fuerte para que yo hiciera otra cosa que no fuera sucumbir. Conocía bien al hombre. Siempre fue un experto en sus tareas y nunca dejaba nada incompleto. Si iba a mirarme, sabía que me daría placer mientras lo hacía.

Tuve que mirarlo por encima de mi cuerpo mientras él apreciaba la vista, uno de sus dedos acariciaba perezosamente cada parte de mí. Se deslizó sobre mi vello allí, luego sobre mis labios externos, luego sobre mis pliegues internos para encontrar ese punto.

—Oh, ahí —suspiré. Puede que haya sido modesta, pero cuando él me tocaba, no tenía miedo de decirle lo que me gustaba. Y *eso* me gustaba mucho.

Levantó la mirada para verme.

—¿Justo ahí? Ese es tu clítoris. El vello en tu vagina es tan bonito, pero está en mi camino. Más tarde, cuando te bañes, te afeitaré.

Fruncí el ceño.

—¿Afeitarme?

Pasó su dedo a través de mis rizos pálidos.

—Quiero que estés bien pegajosa y suave cuando te coma la vagina otra vez. No te preocupes. Dejaré un bonito parche de vello justo aquí. —Dio un golpecito en el punto justo encima de mis pliegues.

—Ahora, ¿dónde estaba? —Su dedo se movió más bajo—. ¿Aquí?

Hizo que me olvidara de que me iba a afeitar en un lugar muy íntimo cuando tocó donde había estado su boca la noche anterior.

—Oh, sí. A mí... me gusta cuando me tocas allí.

—Buena chica. —Sonrió—. ¿Qué tal aquí? —Sus dedos separaron mis labios internos y la punta de su dedo se deslizó dentro de mí, pero solo un poco—. Hay un lugar adentro que creo que te va a gustar. Voy a encontrarlo muy pronto y cuando lo haga tú vas a…

Gemí y mis ojos se cerraron mientras su dedo pasaba sobre ese increíble lugar.

—¿Justo ahí? —Lo empujó una y otra vez.

—Sí —siseé.

—Rosa. —Cuando mis ojos se encontraron con los suyos, continuó—. Te haré venir, pero por ahora vamos a descubrir lo que te hace arder.

—Creo… creo que lo encontraste —dije con mi aliento saliendo en pequeños jadeos.

El placer estaba creciendo, al igual que en la noche anterior. Lo reconocía ahora, lo saboreaba, lo *deseaba*, pero él no me lo iba a dar. Todavía. Su dedo se retiró.

—¡Chance! —grité

Negó con la cabeza de un lado a otro lentamente, sonriendo malvadamente; ese hoyuelo de repente fue terriblemente molesto. Su dedo continuó en un camino de descubrimiento, pero esta vez, en vez de ir por el camino que esperaba, se sumergió más abajo y sobre mi lugar oscuro.

—¡Chance! —Intenté apretar las piernas, pero entre sus hombros anchos y la otra mano, no pude escapar.

—Oh, nunca te han tocado aquí. No sabías acerca del juego del culo, ¿verdad? Si realmente no te gusta, entonces me detendré.

La punta de su dedo rozó suavemente ese lugar ilícito y luego comenzó a dar vueltas, presionando ligeramente. Se sentía… extraño y sin embargo, increíble. Después de que despertó mi clítoris y luego encontró ese punto dentro de mí, lo que estaba haciendo con su dedo lo fusionó todo, como si formara una especie de bola de placer y yo no pudiera controlarlo. *Él* lo controlaba.

—¿Debería parar? —preguntó.

Me mordí el labio y negué con la cabeza, dejé salir un suspiro.

—No. —Estaba completamente mal, pero con Chance, no me importaba… demasiado.

—También te voy a follar aquí, gatita. Algún día, cuando te haya preparado.

7

La imagen mental que pintó era oscura y vulgar y muy, muy atractiva.

—Hay algo malo conmigo —dije, meneando las caderas.

Detuvo sus movimientos, pero no movió el dedo.

—¿No te encuentras bien? —Un pequeño ceño se marcó en su frente.

—No debería gustarme esto.

Ese maldito hoyuelo reapareció junto con su sonrisa resplandeciente. Bajó la cabeza y se puso a trabajar, como si jugar con mi vagina y mi... culo fuera su razón de ser.

—¿Entonces no debería detenerme?

Negué con la cabeza de nuevo.

—Bien. ¿En cuanto a que te guste? Oh, sí, debería gustarte. Me encanta que seas tan salvaje, que te guste cuando juego contigo. Lleva la cabeza hacia atrás, gatita. Cierra los ojos. Deja que me haga cargo de ti. Me encanta hacerme cargo de ti.

—Pero…

—Shh —me calmó—. Tienes toda la palabra, ¿recuerdas?

Se detendría si se lo pedía. Sabía eso de él. Me estaba llevando más allá de cualquier cosa que me hubiera imaginado, pero eso no significaba que no se sintiera bien. Estábamos en la privacidad de su habitación. Solos. A salvo. Podía compartir mis secretos más oscuros con él, secretos que ni siquiera yo sabía que tenía.

—¿No quieres correrte? —preguntó.

Sí. Sí, quería. Me mordí el labio y luego asentí.

—Buena chica. —Usando su otra mano, hizo círculos con un dedo en la abertura de mi vagina. La combinación fue notablemente intensa—. Entonces haz lo que te digo, cierra los ojos y te haré gritar.

Al darme cuenta de que ya no podía luchar contra él ni contra lo que me estaba haciendo, dejé caer mi cabeza sobre la almohada y dejé que mis ojos se cerraran. Era verdad; no podía hacer nada más que saborear sus atenciones. No quería hacer nada más. Jadeé cuando empezó a introducir el dedo en mi entrada trasera, pero no me dolió. Su otro dedo proporcionó una amplia distracción. No tenía ni idea de por cuánto tiempo había jugado, pero cuando la punta de su dedo rompió ese anillo apretado de músculo, usó su otra mano para estimular ese punto dentro de mi vagina y gemí, una mezcla de sorpresa y placer.

Chance no era un novato, sino un experto en estimular mi cuerpo. Me vine instantáneamente, mis músculos apretaron sus dos dedos mientras el placer caliente y ardiente me invadía. Hice lo que me dijo. Grité.

Después de desayunar, montamos camino a casa. Bueno, al rancho Lenox que fue mi hogar hasta el día anterior. Estuve de acuerdo con Chance a regañadientes en compartir la noticia de nuestra boda con mi familia. No fueron las noticias las que me hicieron arrastrar los pies mientras me vestía, sino el hecho de que regresaría como un fracaso. Ni siquiera había pasado un día, y aquí estaba yo, cabalgando hasta la puerta de la cocina en lugar de instalándome en un rancho propio, pues había fallado en perseguir mi sueño.

Chance desmontó su caballo antes de ayudarme a bajar mientras todas salían de la cocina para encontrarse con nosotros. Cuando subí los escalones del porche, Chance ató las sogas a la barandilla. Miré todos los rostros familiares y ofrecí una sonrisa débil.

La señorita Trudy estaba de pie con las manos juntas, tranquila y calmada como siempre. La señorita Esther tenía el ceño fruncido y las manos en las caderas como si supiera que yo les causaría dolor. Dalia, Caléndula y Lirio se miraban y susurraban entre sí.

La mano caliente de Chance en mi codo me sorprendió. Se quitó el sombrero.

—¿Hay algo que quieras decirnos? —preguntó la señorita Esther, mirando mi atuendo. Tenía puesta la falda que llevaba el día anterior, pero Chance me había arrancado los botones de la blusa en su apuro por desnudar mi cuerpo, así que me puse una de sus camisas, con la parte posterior atada a la cintura. Era tan grande que tuve que enrollarme las mangas hacia arriba.

Lo que no podía decir era que no llevaba puestos calzoncillos. Chance me dijo que se habían perdido en la pradera. Dudaba que esas palabras fueran verdad, pero eso no los hizo aparecer. Así que estaba desnuda bajo mi falda. No solo eso, sino que Chance me había ayudado a darme un baño un rato antes, y luego me afeitó como me había prometido. Me abrió completa sobre la cama una vez más, con mis rodillas dobladas y los talones abiertos mientras se dedicaba a la tarea con un nivel muy alto de diligencia. Fue un poco embarazoso, pero la mirada en sus ojos mientras lo hacía me hizo sentir femenina, querida y sorprendentemente poderosa. Ayudó que lo hiciera estando desnudo. Me permitió la oportunidad de ver el efecto que tenía en él también, en su pene largo y duro, cuya vena pulsaba en toda la longitud. No tenía modestia y cuando terminó, no dudó en llenarme. Dijo que era insaciable, que ver mi vagina desnuda con solo un toque de rizos en la parte superior de mi montículo lo hacía necesitarme de nuevo. Sí, me sentía poderosa.

Me sonrojé con tan solo pensar en ello y con toda seguridad ambas mujeres, la señorita Trudy y la señorita Esther podían leer mi mente o al menos tenían una idea de mis pensamientos.

De las dos hermanas, la señorita Esther era la que se desahogaba con regularidad. Ella compartía su opinión de todo, desde la sazón de la sopa hasta la forma en que el dueño de la mercantil cobraba demasiado por la harina. Sabía quién cortejaba a quién y podía decirle a una mujer si estaba embarazada antes de que ella misma lo supiera. Era la hermana práctica, mientras que la señorita Trudy era la tranquila. Cuando crecieron, se equilibraron bien y trataron con ocho niñas pequeñas, como si tuvieran el mismo peso en una balanza. Y cuando decía que hicieras algo, te levantabas y lo hacías.

Miré a Chance. ¿Por qué se veía diferente hoy? Todavía tenía el cabello rebelde, los mismos ojos claros, ese hoyuelo despiadado, esa boca irónica. Me sonrojé al considerar la respuesta. Había hecho cosas con esa boca que harían que la señorita Esther se desmayara, pero estaba a mi lado, en silencio y decidido. No estaba sola.

—Nos casamos —dije con mi barbilla levantada.

Dalia, Caléndula y Lirio chillaron y gritaron, corrieron hacia el interior, probablemente para contarles la noticia a las demás, mientras la señorita Esther frunció los labios.

—Te tomó mucho tiempo, jovencito. —Se limpió las manos con el delantal con un movimiento de cabeza y entró.

La señorita Trudy se quedó sola en el porche, aunque el parloteo se escapó por la puerta abierta.

—Veo que la encontraste —le dijo la señorita Trudy a Chance.

Él asintió con la cabeza.

—Sí, señora.

—¿Lo enviaste a buscarme? —le pregunté a ella.

—No tuve que hacerlo.

Miré entre los dos.

—No lo entiendo.

—Lo supe por nuestra conversación de ayer que ibas a hacer algo precipitado —contestó Chance—. Además, tenía que asegurarme de que estabas a salvo antes de ir a Parsons a recoger esas cabezas de ganado.

Me sentí furiosa por el uso de la palabra "precipitado".

Mis actividades de la noche anterior *fueron* precipitadas, pero eran *mis* acciones precipitadas, las de nadie más. Además, diría que la boda fue un poco precipitada de alguna manera.

—Iré a visitar al Gran Ed por un rato. —Chance me dio un apretón rápido en el brazo mientras se inclinaba hacia abajo y me besaba suavemente la frente, luego se giró y se dirigió hacia el establo. "Huir" también habría sido una palabra más apropiada. Ningún hombre quería poner un pie en una casa de diez mujeres, especialmente por la mañana después de haberse casado con una de ellas clandestinamente.

—Cobarde —grité.

Se volvió y sonrió.

—Autopreservación —exclamó. Me ofreció un pequeño saludo con la mano y se dio la vuelta.

—Entra y toma un poco de café.

Subí los escalones hasta el porche y la señorita Trudy me envolvió el brazo en la cintura cuando entramos juntas a la cocina. Una vez dentro, respiré profundamente para reunir fuerzas.

—¿Estás casada?

—¡Chance Goodman es tan guapo!

—¿Cómo pudiste no decírnoslo, Rosa?

—Apuesto a que usaste esos pantalones espantosos en tu propia boda.

—¿Qué hizo, te devolvió?

Todas mis hermanas hablaron a la vez y no hubo oportunidad de responder. Continuaron con sus ansiosas preguntas hasta que se dieron cuenta de que yo no había respondido a ninguna de ellas.

—Sí, me casé con él. —Saqué una silla y me senté, mis

hermanas me siguieron y se sentaron en sus lugares habituales alrededor de la mesa de la cocina. Esperaba comentarios sobre mi partida o la razón de mi partida, no sobre mi matrimonio. Estas preguntas eran notablemente más fáciles de tolerar.

—¿Es como dicen? —preguntó Amapola con susurros.

—Sí, ¿Chance te hace feliz... *en el dormitorio*? —añadió Dalia.

Pude sentir el calor de mis mejillas y cuando miré a la señorita Trudy, no me ofreció ninguna ayuda, solo me dio la sonrisa de una mujer. De pie junto a la estufa, se sirvió una taza de café, siguiendo la conversación desde los laterales. Me había unido al club de mujeres casadas y ahora sabía por qué las doncellas seguían sin tener ni idea. No tenía ningún interés en compartir detalles sobre lo que Chance y yo habíamos hecho o lo que él me dijo que planeaba hacer pronto. ¿Cómo podría?

No sabía que las cosas que habíamos hecho eran posibles, y no estaba segura de que otras parejas las hicieran. ¿Los otros esposos tomaban a sus esposas por detrás como animales en celo? ¿Debería haberme gustado tanto? ¿Los otros esposos afeitaban a sus esposas... ahí abajo? ¿Los otros esposos colocaban sus bocas sobre ellas? Todo mi cuerpo se calentó al pensarlo. Sabía que si no podía pensar en ello sin sonrojarme, seguramente no podía hablar de ello. Además, la mayoría de las cosas que hicimos no se habían hecho en el dormitorio.

—Chance es... es...

Siete rostros ansiosos me miraban fijamente, recordándome cuando éramos pequeñas y la señorita Trudy nos leía historias.

—¿Qué? —preguntó Dalia—. ¿Guapo? ¿Inteligente? ¿Divertido? ¿Agradable?

—Bueno, sí, pero ustedes saben todo eso. Ha vivido cerca desde siempre.

—¿Entonces por qué se casó contigo? Jacinta es la mayor —comentó Azucena.

Jacinta bajó la mirada y un rubor rojo brillante se esparció por sus mejillas.

—No me interesa el señor Goodman, Azucena, y él lo sabe. Creo que Rosa es su pareja perfecta.

Bendita sea Jacinta, porque siempre era la voz tranquila de la razón. Esperaba que encontrara a un hombre propio, porque se merecía el amor.

—No estoy tan segura de eso, porque la boda fue una sorpresa —dije.

—¿No lo sabías? —preguntó Caléndula con los ojos muy abiertos—. ¡Qué romántico!

—Cuéntanos cómo te encontró —preguntó la señorita Esther, doblando la ropa de una cesta colocada al final de la mesa.

—Estaba en Clayton y él me convenció. —No iba a mencionar mi situación con el otro hombre o los acontecimientos en el segundo piso de la cantina.

—¿Eso es todo? —preguntó Margarita—. ¿Te lo pidió?

—¿Que si le pedí qué? —Chance entró por la puerta y todas las cabezas se volvieron hacia él.

—¿Le pediste a Rosa que se casara contigo? —repitió Margarita.

Chance me miró.

—Por supuesto que lo hice. Señorita Trudy, el Gran Ed quería que le dijera que la rueda de la carreta está arreglada y que recibió una carta de su hijo y que pronto estará con él. La carta tardó bastante en llegar, así que podría llegar en cualquier momento.

—Jackson, sí. Lo contraté para que me ayude por aquí.

—¿No me ibas a hablar de él? —Sentí como si me hubiera dado un puñetazo en el estómago, la idea de que había planeado darle mi trabajo a alguien más era dolorosa.

Sacudió suavemente la cabeza.

—Era solo cuestión de tiempo, Rosa, antes de que te fueras. Además, el Gran Ed no se está haciendo más joven. Estoy segura de que tener a su hijo con él lo hará feliz.

—Quizás sea guapo —comentó Dalia, pasando del Chance ya casado a las posibilidades que poseía el desconocido.

Solo pude poner los ojos en blanco ante su enfoque singular.

—Dudo que hayas tenido la oportunidad de recoger tus cosas —añadió Chance, poniendo sus manos sobre mis hombros.

Negué con la cabeza y lo miré. Me alegró que entrara, porque las preguntas habrían sido eternas. Me puse de pie.

—Recoge algo de ropa por ahora. Puedes buscar tus otras cosas en otro momento. —Se inclinó hacia abajo y me susurró directamente al oído para que solo yo pudiera oír—. Empaca un corsé, gatita, o te quedarás desnuda. —Su aliento se extendió sobre mi oreja y me estremecí.

—Parece que tienen prisa. ¿Van a algún lado? —preguntó Azucena, completamente inconsciente de lo que acababa de pasar entre nosotros. Yo tenía una idea de por qué él parecía tener prisa. Azucena, por otro lado, no lo sabía.

Chance miró a Azucena y sonrió.

—¿Todos los recién casados reciben todas estas preguntas o es solo de ti, mocosa?

Azucena sonrió y se sonrojó, contenta con la atención que Chance le estaba dando.

—Solo de mi parte.

—Ahora eres mi hermana, así que mantén alejados a los chicos. O de lo contrario…

Azucena era la más joven, aunque apenas unos meses más joven que yo. También era encantadora y no tenía duda de que los pretendientes se acercarían a ella como abejas a la miel muy pronto. Chance tenía una buena razón para ser protector.

—No respondiste su pregunta —dijo Dalia.

Chance se acercó a la mesa y me envolvió el brazo en la cintura.

—Lo sé —le dijo a Dalia.

8

—¿De verdad vamos a ir a algún lugar? —pregunté, una vez que hube empacado una maleta con algo de mi ropa. Las besé y abracé a todas y prometí visitarlas después de nuestro regreso de dondequiera que él hubiera planeado ir. Nuestros caballos caminaban uno al lado del otro, la mañana todavía estaba fresca, aunque el sol caliente. Los dos llevábamos sombreros para proteger nuestros rostros y cuellos de los intensos rayos.

—He puesto en espera el transporte de ganado por dos días —respondió—. Hasta entonces, no saldremos de la casa y si me salgo con la mía, no saldremos de nuestra cama.

Mi boca se abrió por completo.

—¿Qué? Entonces, ¿por qué insinuaste lo contrario?

—Para que nos dejaran en paz. Si supieran que estaremos en casa, tendríamos visitas todo el día. Tienes siete hermanas, gatita, y planificarían el día para que cada una viniera a una hora diferente. Son así de astutas. Excepto Jacinta.

Lo que dijo era verdad. Mis hermanas, entrometidas y confabuladoras, nos invadirían como una plaga de saltamontes y nos molestarían todo el día. Jacinta no vendría hasta que recibiera una carta de invitación por escrito o la arrastraran a la casa por el cabello.

—Conoces bien a mi familia. Si no vamos a ninguna parte, entonces ¿qué vamos a hacer?

Sonrió.

—Han pasado tres horas desde la última vez que te tomé. He sido un esposo descuidado.

Me sonrojé ante sus palabras y estaba sorprendentemente ansiosa porque remediara su descuido. Aunque todavía no habíamos llegado.

—¿Qué es eso del transporte de ganado? Te escuché mencionarlo más temprano.

Pasamos por encima de una colina y la casa de Chance —mi casa— quedó visible. La inmensidad de su propiedad se podía ver desde este lugar.

—Veo que has cambiado de tema. Hasta que no lleguemos a la casa, no responderé a tus preguntas. Una vez dentro, las únicas palabras que quiero oír de tus bonitos labios son *Por favor, Chance* y *más*. ¿Trato hecho?

No pude evitar sonrojarme y preguntarme qué iba a hacer para que yo dijera esas cosas. Sentí que mis pezones se tensaron con anticipación.

—Trato hecho.

Suspiró y se movió en su silla de montar.

—Es un contrato que firmé durante el invierno. Yo te

lo comenté, al menos en algún momento, y es hora de que el ganado sea trasladado.

—¿Cuántas cabezas compraste?

—Quinientas.

No pude evitar sorprenderme por la cantidad de ganado que estaba tomando. Su rancho tenía éxito —siempre lo supe— pero desde que tomó el control después de la muerte de sus padres, había prosperado y se había triplicado o cuadruplicado.

—¿Cuándo nos vamos?

—¿Para Parsons? Los hombres y yo nos vamos el miércoles.

Asentí.

—Bien, estaré lista.

Volvió su cabeza y me miró.

—Oh, no. Tú no vas a ir.

Tiré de las riendas ligeramente y detuve mi cabello.

—¿Qué quieres decir con que no voy? Pensé que iba a dirigir el racho contigo. Esto es parte de ello.

—Ir a un traslado de ganado con un grupo de hombres cachondos y solteros no es lugar para mi esposa.

—Si yo fuera hombre me dejarías ir —contesté.

—Si fueras hombre no me habría casado contigo.

—¿Entonces me vas a dejar aquí bordando? —Sacudí la mano hacia el rancho extenso, las edificaciones y los animales que llenaban el paisaje.

—Demonios, no. Tu bordado es terrible. Voy a dejar a Chappy y a Walt, pero no puedes estar sola con ellos. Son buenos hombres, pero parece que soy un poco protector.

Había escuchado sus nombres antes, pero nunca conocí a ninguno de los rancheros de Chance. Tenía unos cuantos con un terreno de ese tamaño. Me estaba dando cuenta de que él me había mantenido alejada de ellos a propósito.

—¿Entonces qué vas a hacer conmigo?

—Enviarte de vuelta con la señorita Trudy.

Mi boca se abrió y sentí que mis mejillas se calentaban, y esta vez no fue por la vergüenza.

—Tú... ¿me vas a enviar de vuelta a vivir con las chicas? ¿Qué van a pensar? ¿Que te he fallado? Así como fallé al irme de Clayton, ¿es eso? ¿Me vas a devolver? —Entrecerré los ojos—. Ya lo veo todo. Me has follado y ahora me vas a mandar a casa.

Chance era un hombre pacífico. Un hombre tranquilo. Nunca lo había visto demasiado irritado hasta ahora. La noche anterior en la cantina cuando se enfrentó a mi agresor estaba enfadado, ¿pero esto? Nunca antes había visto a Chance así. Había un pequeño tic en su mandíbula y sus ojos se entrecerraron. Cuando habló, su voz fue muy, muy mesurada.

—Será mejor que muevas ese caballo, gatita, antes de que te atrape. Si no estás en esa casa cuando lo haga, te levantaré la falda y te daré un azote dondequiera que estés.

Azotar mi…

Mis ojos se abrieron de par en por su voz controlada y letal. Lo había presionado demasiado, pero él hizo lo mismo conmigo. Cuando lo vi acercarse a mis riendas, empujé a mi caballo con mis talones, estimulándolo a que se pusiera en acción. El animal parecía contento de que se le permitiera seguir y despegó como si estuviera siendo perseguido. Tal vez lo estábamos, pero no iba a mirar atrás para averiguarlo. Si Chance quería azotarme, tendría que atraparme.

* * *

CHANCE

Rosa era incontrolable. Si ella pensó, aunque fuera por un instante, que yo la llevaría a un traslado de ganado, entonces no debía de conocerme en lo absoluto. Puede que la hubiera dejado ir cuando era más joven, pero estaba a salvo en la tierra de los Lenox, donde poco más que su orgullo podía ser herido, pero las imaginaciones infantiles y las travesuras peligrosas de una mujer adulta eran dos cosas completamente diferentes. La noche anterior, pudo haber sido violada. Ir a un transporte de ganado era como pasar la noche jugando a las cartas en una cantina. Los hombres eran rústicos, el lenguaje tosco y sus inclinaciones sexuales hablaban sobre la carne seca y el café negro fuerte. No era lugar para una dama. Diablos, no era lugar para una mujer, dama o no. No era lugar para mi esposa definitivamente.

No la estaba dejando porque no la quería. Demonios, si hubiera podido ver lo duro que estaba mi pene, habría sabido que dejarla era el último de mis deseos. ¿Por qué querría dejar a una amante voluptuosa y voraz por una semana miserable en la silla de montar? Preferiría hundirme en su suave vagina en una cama cómoda que dormir solo en el suelo duro con una silla de montar por almohada.

Desafortunadamente, Rosa no tenía la misma perspectiva y eso solo la metía en problemas, ya que vomitaba cosas irracionales que hacían que me picara la mano. Así que huyó. Bien. Me dio tiempo para enfriar mi cabeza, ya que nunca me ocuparía de sus bufonadas mientras estuviera enfadado. Iba a azotar su perfecto trasero hasta que tuviera un bonito brillo rosado y ella estuviera coja y arrepentida en mi regazo. Y luego... luego...

Espoleé mi caballo para que recobrara el paso y eso solo lo haría adentro. La encontré de pie detrás de la cómoda silla junto al fuego. Pasé muchas noches de invierno leyendo en ella mientras el clima estaba agitado afuera. Ahora, sin embargo, su ira se desató desde su interior.

—No vas a azotarme —juró.

Colgué mi sombrero en el perchero junto a la puerta.

—Lo haré —respondí—. Recibirás cinco por tu completa indiferencia hacia tu seguridad anoche y cinco más por tus ridículas divagaciones.

Sus ojos se abrieron de par en par y sus manos agarraron el cojín de la silla.

—¿Ridículas divagaciones? ¡Vas a devolverme!

Caminé lentamente hacia ella y se retiró, un paso atrás por cada paso que yo daba hacia adelante. Sus piernas eran mucho más cortas que las mías y gané terreno rápidamente.

—¿Por qué demonios querría devolverte?

—Porque has terminado conmigo —contestó ella. Su mirada corrió por encima de su hombro para buscar cualquier impedimento en su camino. Solo había uno. La pared.

Señalé hacia la parte delantera de mis pantalones.

—Mira, gatita. ¿Ves eso? Así es, mi pene. Está tan duro que podría clavar clavos en un poste y ¿sabes por qué? —Di un paso más y ella chocó contra la pared. No podía moverse en ninguna de las dos direcciones con un escritorio a un lado y otra pared al otro—. Porque quiero follarte todo el día. Siempre estoy así cuando estoy cerca de ti. Ha estado así durante meses. *Meses*, Rosa. No deberías tener miedo de que te devuelva. En vez de eso, deberías tener miedo de que nunca te deje ir.

Su boca se abrió y sus ojos se abrieron más de par en par. Finalmente la había dejado atónita.

—Ahora te vas a girar e inclinar sobre el escritorio y te vas a levantar la falda para mí y te voy a dar los azotes que tanto has estado esperando.

—Yo no quiero un…

Levanté una mano.

—Ni una palabra más. —Esperé mientras ella consideraba sus opciones, las cuales no tenía. Luego la vi tragar mientras pensaba en lo que estaba por venir. Dudaba que alguna vez la hubiesen azotado, porque si lo hubieran hecho no se estaría comportando tan imprudentemente.

Se giró y puso sus manos sobre la madera oscura y luego se inclinó hacia delante. Su complacencia hizo que mi pene se apretara dolorosamente contra mis pantalones. Ella sabía que no le haría daño. Sabía que a pesar de que estaba molesto, nunca le daría azotes cuando estuviera verdaderamente enfadado. Ella no lo sabía, pero estaba perdida. Era necesaria una mano firme porque no podía ver que yo estaría ahí para ella. La protegería, la apreciaría, la amaría con todo mi corazón. Había sido amada en la casa Lenox, sin duda. Pero no había tenido una sola persona que se concentrara exclusivamente en ella. Estaba asustada y a la defensiva. Yo estaría ahí para ella, incluso si eso significaba darle un azote para tranquilizarla.

Y ese era el meollo del problema. Rosa no sabía que

unos azotes míos la calmarían y hasta que lo hiciera, pelearía conmigo como un *mustang* salvaje.

—Levántate la falda, gatita. Muéstrame lo que es mío.

Lanzó una mirada sucia sobre su hombro, pero permaneció en silencio, sus manos bajaron para levantar el largo de la falda y expusieron sus delgadas piernas un centímetro a la vez. Finalmente, aparecieron las pequeñas cintas de sus medias, luego la piel cremosa y pálida de sus muslos justo antes de las curvas inferiores de su trasero, y finalmente los globos redondos. Volvió a poner sus manos delante de ella, con la cara hacia otro lado. Puede que no lo viera, pero en el fondo, esto era exactamente lo que quería.

Me bajé en cuclillas y le quité las botas y las medias, luego me incliné y besé un globo pálido antes de volver a ponerme de pie. Cuando puse la palma de mi mano en un exuberante cachete, se asustó y la calmé.

—Tranquila, gatita. Te tengo. Has estado tratando de llamar mi atención desde que tenías ocho años con tus payasadas. Te vi entonces y te veo ahora. La diferencia ahora es que tus actos salvajes harán que te ganes unos azotes. Me tienes a mí, gatita, todo de mí. No tienes que hacerme enfadar para que tome el control. Te voy a follar —no te preocupes por eso— yo decidiré cuándo.

Le puse la palma de la mano encima de su trasero erecto. Saltó con el chasquido que llenó el aire, pero el golpe no fue demasiado fuerte.

—¡Ey! —gritó, pero no pudo hacer nada con mi mano en la parte baja de su espalda.

Azote.

—Me tienes a mí, gatita, hasta las pelotas.

Azote.

—Verte así, con tu hermoso trasero hacia arriba bien rosado.

Azote.

Separé sus pies.

—Tu vagina está muy abierta. Apuesto a que si paso mi dedo sobre tu carne suave, te encontraré resbaladiza y húmeda.

Azote.

—Deseas esto. *Necesitas* esto. Necesitas que yo tome el control.

9

HANCE

Con eso, terminé los diez que le había prometido, y luego sumergí mis dedos en su vagina mojada y empapada, llenándola fácilmente no con un dedo, sino con dos. Ella se levantó de la mesa con las manos, arqueando la espalda.

—¡Chance!

—Te gusta, ¿verdad, gatita? ¿La forma en que gobierno tu cuerpo? Te vas a venir para mí. —Coloqué mi pulgar sobre su clítoris distendido y presioné firmemente mientras la estimulaba con mis dedos—. Ahora mismo.

Lo hizo. Se vino con la orden, apretando mis dedos como si nunca quisiera dejarlos ir. Sus jugos goteaban sobre mi mano mientras gritaba con todo su cuerpo tenso. Continué estimulándola de forma experta hasta que el último momento de placer se desvaneció y se desplomó sobre mi escritorio. Nunca podría volver a mirar la superficie de madera sin verla a ella de esta manera.

Cuando di un paso atrás y me llevé los dedos a la boca para saborear lo dulce y salvaje que estaba, se levantó y se dio la vuelta para ponerse de pie delante de mí, su falda cayó al suelo. Levantó su mirada para encontrarse con la mía.

—¿Crees que me controlas? —me preguntó con voz suave como la seda después de su orgasmo.

—Lo sé.

Sus manos se fueron al nudo en la parte de abajo de mi camisa que llevaba puesta y lo desabrochó. Luego empezó a liberar todos los botones del frente, uno a la vez. Ella no apartó su mirada de la mía.

—Crees que tienes todo el poder, que yo simplemente me inclinaré sobre un escritorio y te dejaré hacer lo que quieras conmigo.

Sonreí y observé cómo se caía la camisa al suelo.

—Acabas de hacerlo —respondí con gallardía.

Desató el nudo en el envoltorio que rodeaba su torso, se lo quitó de su cuerpo con facilidad y habilidad, y sus senos maduros se liberaron.

Ahogué un gemido ante esa vista. Con la luz del sol atravesando las ventanas, se veía casi dorada, su cabello de color trigo, su piel de un color rosado ruborizado. Sus pezones estaban gordos y moría por chupar uno cuando recordé su sabor. Dulce y ácido como era ella.

Luego se desabrochó el cierre y su falda cayó al suelo.

—¿Tú tienes el poder? —preguntó de nuevo, esta vez acercándose a mí y apretando su palma contra mis pantalones directamente sobre mi dura longitud. Las puntas de sus pezones chocaron contra mi pecho.

Ahogué un suspiro, negué con la cabeza.

—¿Poder? Absolutamente no. Eso es todo tuyo, gatita. Recuerda, siempre puedes decirme que no cuando tome el control.

Me empujó hacia atrás, así que choqué con la pared, y dejé que ella hiciera lo que quisiera. Tenía razón, puede que yo fuera el que tuviera el control, pero ella tenía el poder, como el hechizo de un hechicero embrujándome. La seguí hasta la ciudad para mantenerla a salvo. Le había dado azotes en el trasero porque necesitaba que me hiciera cargo y necesitaba conocer sus límites, pero, aun así, Rosa tenía todo el poder. Y ahora, con mi pene bajo la palma de su mano, la dejaría hacer lo que quisiera.

Cuando se arrodilló ante mí, abriendo el cierre de mis pantalones y agarrándome el pene con sus pequeñas manos, me quedé atónito. Lo estuve aún más cuando se metió la cabeza ancha en la boca y lamió la pequeña cresta a lo largo de la parte inferior como si fuera insaciable.

—Jesús, gatita —gemí con mis dedos enredados en su cabello sedoso—. ¿Dónde diablos aprendiste esto?

No contestó y por la forma en que mis ojos se volvieron hacia atrás en mi cabeza, no necesitaba escucharlo. Solo sentí. Fue increíble, caliente y húmedo. Me introdujo más profundo mientras seguía agarrando la base. Luego empezó a moverse, adentro y afuera. No era demasiado hábil, sus movimientos eran más de deseo que destreza, pero al diablo, si seguía así por un rato más, me vendría. Sentí mi orgasmo apretar mis pelotas, sentí el semen hirviendo y listo para estallar. La saqué de mí suavemente y mi pene palpitó al perderla. Estaba húmedo y brillante por su boca, el color era un rojo rubicundo.

Cuando empecé a hacerla retroceder para poder acostarla de nuevo en la mesa y follarla, negó con la cabeza.

—No. Ahora yo tengo el control.

Y cómo no me vine justo ahí en ese momento por esas palabras sensuales, por la mirada en su rostro, por su cuerpo desnudo, no tenía ni idea. Era tan apasionada, tan salvaje cuando liberaba todas sus inhibiciones. Di un paso atrás y me quité las botas, luego me quité la ropa a toda prisa. Me apoyé contra la pared y me deslicé hacia abajo, doblando las rodillas ligeramente con los pies en el suelo.

—Muy bien, gatita. Móntame. Tú lo controlas todo.

Me miró, vio mi pene erecto, el fluido claro que se filtraba de la punta. Le tomó solo el más breve de los momentos para entender, antes de bajar a sus rodillas para que mi pene empujara su vagina ardiente. A horcajadas sobre mí, puso una mano sobre mi hombro para mantener el equilibrio y luego me agarró el pene con la otra. Siseé un poco mientras me guiaba hacia su entrada y se agachaba. Nuestras miradas se encontraron. Estaba tan mojada que la llené rápidamente y ambos jadeamos, casi sorprendidos por la facilidad y rapidez de la penetración.

—Ahí lo tienes, gatita. Soy todo tuyo. —Sus paredes internas se apretaron contra mí como un tornillo y apreté los dientes por la dulce sensación de ella.

Sus ojos se cerraron y su boca se abrió, sus senos subían y bajaban con sus pequeñas respiraciones. Ella era la vista más asombrosa. No pude resistirme a tocarla, así que levanté mis manos y cubrí sus senos, pesados y gordos, pasando mis pulgares de un lado a otro sobre sus pezones y vi cómo se endurecían.

—¡Chance! —gritó, luego empezó a moverse, levantando sus caderas hacia arriba y hacia abajo, pero no estaba tomando todo de mí y no podía asentarse.

—Recuéstate —le dije.

Se movió ligeramente, su espalda contra mis muslos y me introduje por completo.

—Ah —suspiró.

—Eso es. Ahora estás repleta. Te he dado el control, gatita, así que hazme venir.

Eso no era un desafío absoluto, pero ella lo tomó como tal y comenzó a moverse de verdad. Solté sus senos y los vi balancearse y rebotar mientras ella se movía hacia arriba y hacia abajo, y luego giraba sus caderas en círculos para frotar su clítoris sobre mí. Sus movimientos inocentes y nunca antes realizados fueron mi perdición, haciéndome venir como si fuese la puta más hábil. La agarré de las caderas y la mantuve quieta mientras la llenaba completamente con mi semen brotando en chorros calientes, llenándola.

Ambos estábamos respirando con dificultad con nuestra piel cubierta de sudor. Su frente descansaba contra la mía, y cuando abrí los ojos, sus ojos verdes estaban allí, todos borrosos y llenos de pasión. Su piel estaba enrojecida y caliente por la necesidad. No pude evitar besarla, nuestras bocas se encontraron en un beso salvaje. No estaba tranquilizándola, solo aumentaba su deseo de venirse. Tiró hacia atrás y pasé mi dedo sobre su húmedo e hinchado labio inferior.

—Buena chica. Ahora es tu turno.

—Oh, sí —susurró, empezando a moverse.

Mi pene no se había ablandado en lo absoluto, todavía era una vara gruesa dentro de ella, pero cuando empezó a cabalgarme, follándose a ella misma, mi semen se derramó y el sonido de sus movimientos inundó la habitación. El aroma de nuestra unión era espeso y fragante, y sin embargo, la estimulé con palabras.

—Tan hermosa. Me encanta sentir tu vagina apretando mi pene. ¿Sientes eso? Tu vagina se está desbordando con mi semen. Tus pezones están tan apretados, gatita, deben doler.

Sentí sus paredes internas agarrarme justo antes de que se inclinara hacia atrás, empujando sus senos hacia mi boca. Gritó su placer y no pude evitar tomar una punta apretada en mi boca, saboreando la salinidad de su piel. Sus uñas se clavaron en mis hombros y tendría marcas allí durante algún tiempo. No me importaba, demonios, me encantaba saber que ella me había marcado, igual que yo la había marcado con mi semen.

Muy lentamente sus sentidos regresaron. Una pequeña sonrisa se formó en sus labios. Sus ojos se veían soñadores y su piel estaba húmeda y resplandeciente. Verla después de su placer era perfecto.

—Otra vez —dije, moviendo mi mano entre nosotros para frotar mi pulgar sobre su clítoris distendido. Estaba empapada y yo era bastante capaz de llevarla al orgasmo. Estaba tan sensible y era fácil de llevar al placer después de la primera vez.

—Chance, yo... ¡oh! —Cerró los ojos, pero solo movió un poco las caderas, la liberación fue suave y dulce en comparación con la primera.

—Esa es mi chica —susurré, tirando de ella hacia mis brazos para que descansara en mi pecho—. Ahora, dime, ¿por qué demonios querría devolverte? Este era mi hogar.

—Rosa permanecía en mis brazos con mi pene llenándola. No había otro lugar en el que quisiera estar.

* * *

—No puedo creer que me estés obligando a hacer esto —dijo Rosa, mientras cabalgábamos a la casa de los Lenox. Cuanto más nos acercábamos, más crecía su temperamento.

A regañadientes empacó una maleta con algo de ropa para la estancia con su familia mientras yo estuviera lejos. Sería como una semana, pero si por mí fuera, me esforzaría por acortarlo. Cuando firmé el contrato durante el invierno para transportar el ganado, no tenía ni idea de que tendría una esposa que dejar aquí.

—Acabo de pasar dos días follándote, gatita. Pensé que reconocerías quién está a cargo para este momento.

Giró en su silla de montar.

—¿Estás diciendo que esa única vez que me dejaste tener el control fue solo para pretender?

Me quité el sombrero un poco para poder verla mejor.

—¿Mi pene pretendió estar duro? ¿Todo ese semen que te llenó fue para pretender?

—Eso no es lo que quiero decir y lo sabes —contestó con voz remilgada.

—Puedes tomar el control cada vez que lo desees cuando estamos follando porque es jodidamente ardiente.

Negó con la cabeza por lo que asumía que era disgusto.

—Eres un bastardo. —Cacareando, espoleó su caballo para acelerar el paso. Yo también lo hice para mantener el ritmo. La regañé.

—Cuida lo que dices, gatita. ¿No lo disfrutaste? —Me encantaba hablarle sucio, me encantaba ver el rubor que aparecía en sus mejillas, la manera santurrona en que enderezaba su postura y su actitud cambiaba a esa profesora virgen. La había follado bien duro por dos días consecutivos. Definitivamente no era virgen, pero todavía era muy inocente, lo cual era encantador.

—Sabes que lo hice, pero aun así.

Suspiré. No había nada que pudiera hacer excepto explicárselo de nuevo. Habíamos tenido esta discusión una y otra vez en los últimos dos días y en cada oportunidad no hubo resolución. Solamente la follaba hasta que se rendía a mí, al placer. Parecía que la única vez se entregaba por completo, cuando la llenaba con mi pene. Ese era el único momento en que escuchaba las palabras "Sí, Chance" pronunciadas sin quejas.

—Rosa, no puedes ir al transporte de ganado porque es peligroso y los hombres son rústicos, en el mejor de los casos.

—Tú vas a ir —respondió ella.

—Preferiría no ir del todo, pero así es como vamos a construir el rebaño. No puedo hacer mi trabajo y preocuparme por ti al mismo tiempo. —La idea de que tratara con hombres rudimentarios o incluso con una estampida me helaba la sangre.

—¿Por qué te preocupas?

—¡Porque eres mi esposa!

—Pensé que íbamos a dirigir el rancho juntos —continuó.

Me quité el sombrero de la cabeza, me pasé la mano por el cabello y luego volví a ponérmelo.

—¿Alguna vez se te ocurrió que podrías estar embarazada? Puede que te esté protegiendo a ti, pero tú necesitas proteger a un bebé.

Su boca se abrió, pero no se le escapó ninguna palabra por un instante.

—¿Un bebé? No puedes hablar en serio.

—Completamente en serio, gatita. ¿Cuántas veces hemos follado? ¿Cuánto semen puse en tu vientre? Apuesto a que hay un poco goteando de tu cuerpo ahora mismo. No hay duda de que hicimos un bebé, y si no, no nos llevará mucho tiempo por la forma en que no podemos quitarnos las manos de encima uno del otro.

—Pero…

—Sin peros. Te quedarás aquí hasta que regrese.

10

Mi esposo me devolvió a mi familia. A pesar de que era temporal, se sentía como si hubiera sido usada y abandonada para vivir una vez más en una casa repleta de mujeres que parecían empeñadas en llevarme a la locura. Me había escapado a Clayton por esa razón y después de diez minutos allí estaba lista para huir de nuevo. La única diferencia esta vez era que yo estaba legalmente unida a Chance. Ya no era Rosa Lenox, sino Rosa Goodman.

—Debes haber sido una esposa terrible para ser devuelta a casa después de solo tres días. —Las palabras de Amapola me hirieron.

Azucena y Lirio se rieron junto con Amapola por su broma. Eran las últimas en la cocina que estaban terminando sus desayunos. Las otras chicas se habían ido a hacer sus actividades o a leer, coser u otras tareas vacías.

—Si no quedó complacido contigo, ¿crees que yo podría ser su próxima esposa? —Azucena se rio.

Fruncí los labios y me concentré en mis huevos, ignorándolas. Me dolía el pecho con la profunda necesidad de liberarme de esta casa, y no porque extrañara a Chance. No, no lo extrañaba en lo absoluto, ni a sus hábiles manos. O a su boca. Su pene. Me retorcí en mi silla. Lo extrañaba *demasiado*.

—Tal vez encuentre a alguien en su viaje que lo satisfaga más —dijo Dalia, entrando a la cocina a recoger un par de tijeras.

Había ignorado las indirectas hasta el punto de creer que eran una broma, pero podría haber un indicio de verdad en lo que dijo Dalia. ¿Podría conocer a otra mujer en su viaje? ¿La encontraría más accesible y menos contraria a todo?

Los huevos se atoraron en mi garganta y tuve que tomar un trago de café caliente para tragarlos, puse el tenedor en el plato y la comida quedó olvidada.

La señorita Esther aplaudió y gritó para imponerse sobre el estruendo de la risa de las chicas.

—Está bien, está bien, dejen que la pobre chica respire. Azucena, sal y dile al Gran Ed que enganche la carreta. Vamos a ir a la ciudad por provisiones. Dalia, no discutas con tus hermanas. Amapola y Lirio, quédense calladas.

Me senté a la mesa, contenta de ver a la familia apresurándose en sus tareas. Se pusieron los sombreros, tomaron sus carteras y el grupo salió por la puerta. Cómo ocho mujeres podían salir de la casa en un minuto era notable; la señorita Esther sin duda las tenía preparadas, lo que significaba que mi regreso estaba previsto. No se lo había dicho; Chance me había mantenido demasiado ocupada para siquiera pensar en ellas. Solo nos quedamos la señorita Trudy y yo.

El aroma persistente de café y tocino saturaba el aire. La habitación estaba más caliente que el exterior, la estufa emitía una gran cantidad de calor, aunque la puerta trasera permanecía abierta para que escapara.

—Sabían que volvería —dije.

—Chance envió a Walt ayer. Quiere que estés a salvo, Rosa.

La señorita Trudy se sentó enfrente de mí. Fruncí el ceño.

—No quiere que yo dirija el rancho.

—¿Ha dicho algo que lo indique?

—¡No me dejó ir al viaje del ganado! —Dejé caer mi puño en la mesa haciendo que chocaran los platos.

—¿Ha evitado que ayudes en otras áreas?

Pude sentir mis mejillas calentarse.

—Bueno… —Me retorcí—. No he tenido la oportunidad exactamente.

—Ustedes se ven felizmente casados —contestó con aprecio.

—Um… ¿gracias?

—¿Él no te complace? —Por primera vez, la señorita Trudy sonó preocupada.

—¿Estás más preocupada de que sea un buen amante que por su control sobre mí?

—Bueno, ¿lo es? —¿Por qué tenía que ser tan jodidamente tranquila?

—¿Un amante consumado? ¡Sí! —respondí, gritando.

—¿Entonces cuál es el problema, jovencita?

—Yo quiero llevar mi propio rancho —contesté.

—Sí, soy consciente de eso. También tus hermanas, la señorita Esther, el Gran Ed, así como tu esposo.

—¿Todos lo saben? —Pensé que había mantenido mis sueños en secreto, pero ese no parecía ser el caso.

—No hay secretos aquí. Tú lo sabes.

Bajé la mirada hacia la mesa gastada. Había visto mucho de nuestras vidas allí. Comidas, tareas de la escuela, todo se realizaba sentadas a esta mesa. Ahora mi primera conversación como una mujer casada era aquí también.

—No puedo cumplir mi sueño si estoy casada, especialmente cuando él no me deja participar.

La señorita Trudy se puso de pie, fue hacia la jarra de café. Ni siquiera había notado que la había puesto a hervir más temprano.

—¿Por qué no?

—¡Porque *estoy casada*!

La señorita Trudy se volvió para mirarme.

—Creo que vas a tener que explicarte, porque no lo entiendo.

—Hiciste lo que quisiste porque no estabas casada —le contesté.

No respondió de inmediato. En vez de eso, se dio la vuelta, tomó su taza y la llenó. Sopló el líquido caliente y tomó un sorbo antes de hablar.

—Cuando tenía dieciséis años, mis padres eran demasiado pobres para alimentarme. Me saltaré algunos detalles, pero me encontré en la puerta de un burdel, donde trabajé como prostituta durante los siguientes diez años. Esther, como mi hermana menor, apareció en la puerta del burdel un año después que yo y poco a poco ahorramos nuestro dinero y compramos el negocio a la mujer que lo dirigía. Pasamos de vagabundas a putas y de putas a *madames*. Ninguna de las dos podía casarse, porque estábamos demasiado manchadas. Los esposos no eran para ninguna de las dos pues demasiados hombres se habían cruzado en nuestro camino, pero lo que ninguna de las dos tenía y ambas queríamos desesperadamente era un niño.

Tomó un sorbo de café, como para permitir que sus palabras prevalecieran. Sabía un poco de su historia, pero era la primera vez que la compartía conmigo.

—Luego vino el incendio. Qué devastación. De alguna manera, por medio de esa tragedia, Dios nos obsequió a ustedes. Imagínate, ¡ocho huérfanas! Y niñas, sabíamos todo sobre las niñas. Las queríamos a todas ustedes. No había que tomar ninguna decisión. Esther y yo vendimos el negocio, tomamos nuestro dinero, las ocho niñas y empezamos de nuevo. Aquí en Clayton.

—Tomaste justo lo que querías de la vida, sin un esposo —le dije.

Se sentó y se alisó el vestido.

—¿Pero acaso crees que quería convertirme en una puta? ¿Que quería ver a mi propia hermana seguirme en la profesión? ¿Que el sueño de mi infancia era trabajar sobre mi espalda?

Me sentí apenada por sus palabras.

—No, pero…

—¿Crees que quería dirigir un burdel? Quería otras cosas, pero a veces la vida no funciona como la planeas, Rosa. Mirando hacia atrás, sin embargo, Dios me dio justo lo que quería.

Se refería a nosotras, las chicas. ¡Ella quería un hijo y recibió ocho!

—No quiero tener hijos ahora mismo —respondí.

—Basado en la mirada de satisfacción en el rostro de Chance, tal vez quieras pensártelo otra vez.

La fulminé con la mirada, deseando que ella y Chance no tuvieran pensamientos tan parecidos. ¿Por qué tenían ideas tan descabelladas sobre el tipo de esposa que debería ser, que daría a luz a un bebé antes del invierno? No había forma de que hubiéramos hecho un bebé. Lo sabría si estuviera esperando y sintiera lo mismo, aunque estaba dolorida en lugares muy nuevos y definitivamente con músculos sueltos. Yo debería estar *con* mi esposo, no abandonada como una mujer de voluntad débil. Debería estar en el viaje de traslado de ganado con él. A su lado. Cuando la señorita Trudy me dejó para completar sus tareas diarias, formulé mi plan.

CHANCE

El viaje fue jodidamente miserable. A una hora de Clayton, comenzó a llover, un verdadero diluvio que hizo que el arroyo creciera y nos obligara a retroceder hasta un punto donde era más fácil pasar. Además, uno de los hombres se cayó del caballo y se rompió la pierna. Tuve que dejar que otro hombre lo acompañara de vuelta a Clayton para ver al médico, ya que estaba más cerca que Parsons. En ese momento, solo éramos dos de nosotros aventurándonos en la lluvia que no se detuvo durante la primera noche y tuvimos que dormir bajo un soporte de pinos Ponderosa que hizo poco para protegernos. La lluvia no cesó hasta que estuvimos una hora en las afueras de Parsons y para entonces a ninguno de los dos nos importaba dónde diablos estábamos mientras hubiera una cama. Pero había una. La única pensión de la ciudad se había quemado la semana anterior, así que tuvimos que dormir en la caballeriza con nuestros caballos.

Echaba de menos a Rosa y a nuestra cama. Diablos, extrañaba a Rosa. La cama no era necesaria. Lo habíamos demostrado con facilidad en los últimos días. Además de mi escritorio, las escaleras, la puerta principal, la mesa de la cocina e incluso la bañera eran lugares sumamente placenteros para follar con la esposa. Me moví incómodamente en mi asiento en la oficina central de Jim Reeves, el hombre que me vendió su ganado. Una erección no era algo que necesitara mientras cerraba nuestro negocio.

—Es bueno tenerte aquí —dijo el otro hombre, sonriendo amablemente—. Aunque lamento que tu hombre se haya roto la pierna. Y para colmo, el que llegó hasta Parsons está enfermo. —Sacudió la cabeza.

Powell, el hombre que había cabalgado hasta Parsons conmigo, se enfermó después de la noche en la caballeriza, probablemente por el frío y la humedad, y estaba instalado en la cabaña de Reeves, recuperándose.

—Sí —le contesté.

—Enviaré a dos de mis hombres con usted en su lugar. Es todo lo que puedo ofrecer en esta época del año, pero una manada así no es algo que una persona pueda manejar sola.

Asentí, aliviado.

—Le estoy muy agradecido.

El señor Reeves era mayor, tal vez anduviera en el medio de sus cincuentas, tenía el cabello salpimentado, un físico corpulento y una actitud tranquila. Su hija, igualmente tranquila, entró en la habitación con una bandeja con dos tazas de café y rebanadas de pastel. Me puse de pie cuando entró.

—¿Puedo presentarte a mi hija Beatrice? —Era muy guapa, de cabello y ojos oscuros. Su complexión era delgada y esbelta y su sonrisa cálida.

—Hola —dijo ella.

Asentí y sostuve mi sombrero en mis manos.

—Desde que mi esposa falleció, Beatrice ha sido de gran ayuda aquí. —Se acercó al escritorio para coger su taza de la bandeja—. Le he estado hablando de ti.

Gruñí desde mis adentros, conociendo la dirección de los pensamientos de este hombre. Normalmente procedían de mujeres de la misma generación, a las que se denominaba madres entrometidas o incluso casamenteras. Tener a un padre buscando una pareja para su hija era algo nuevo para mí, pero sin madre, era muy amable de su parte ayudarla a encontrar un esposo adecuado.

—¿Cómo? —pregunté de forma neutral.

—Cuando nos conocimos en el invierno, parecías un buen joven. Pensé, ya que estás aquí en el rancho y todo eso, que tal vez quieras tomarte un día y visitarlo.

Arqueé la frente, sin saber qué decir. El dinero había cambiado de manos, pero mover quinientas cabezas de ganado no era una tarea fácil. Tenía hombres que organizar, comida que reunir para preparar el viaje de regreso a mi rancho y no tenía tiempo para quedarme y socializar. Sin embargo, no podía insultar al hombre en su propia casa y rechazar la invitación, además podría resolver la situación con la suficiente rapidez.

—Es muy amable de tu parte, Jim, y tuya también,

Beatrice, pero estoy recién casado y tengo muchas ganas de volver con mi esposa tan pronto como pueda.

Beatrice se sonrojó hasta las raíces de su cabello oscuro.

—No me había enterado de la noticia. Felicitaciones —dijo Jim, estrechando mi mano.

—Aunque yo no sea un pretendiente elegible, compartiré con tu padre algunos nombres de hombres que creo que serían dignos de una mujer como tú. —Era muy atractiva, y si la juzgara por la actitud y la amabilidad de su padre, sería un buen partido.

Asintió con la cabeza y se excusó. No podía culparla por su partida apresurada, pero no había manera de sopesar el golpe de la vergüenza.

—Lo siento si herí sus sentimientos.

Jim suspiró.

—No, no lo sientas. Ella no es la que anhela un esposo. Yo soy el que quiere que sea feliz.

Volvió a su silla detrás del escritorio, así que me senté de nuevo también.

—¿Su sueño no es casarse? —pregunté. Me sorprendió mi propia pregunta, porque fue pensar en Rosa lo que me impulsó a preguntar.

—¿Sueño? Es una pintora consumada y nada le gustaría más que viajar para pintar paisajes. En verano o en invierno estaría por ahí con sus pinceles.

Miré una hermosa pintura en la pared. Un río serpenteante atravesaba una pradera verde, nubes de truenos se formaban a lo lejos para hacer la imagen impactante—. ¿Este es de ella?

El orgullo paterno apareció en su rostro.

—En efecto.

—Es excelente. ¿Tener un esposo la ayudaría con su sueño o la ahogaría?

Jim frunció el ceño y levanté la mano.

—Pregunto porque estoy recién casado y quisiera saber si he pisoteado los sueños de mi esposa al atarla a mí.

Jim asintió con la cabeza.

—Todo se trata de sacrificio. Ambas personas en el matrimonio tendrán que sacrificarse. Supongo que tu esposa sacrificará bastante para cumplir tu visión del matrimonio.

—Ella cree que así es—respondí.

—Ahora, simplemente soy un viejo loco, así que puedes ignorar mis palabras si quieres, pero mi dulce esposa Laura pudo no solo conmigo, sino con el rancho, el ganado, los inviernos de Montana y todo lo que acompañó durante treinta y dos años.

Tomó un sorbo de su café. Nada de lo que había dicho hasta ahora sonaba diferente de lo que Rosa quería.

—También tuvo que aguantar los partos y criar a cinco hijos.

Mi taza estaba a mitad de camino de mi boca y me detuve. ¿Cinco?

—Cuatro chicos y luego Beatrice. Mi hijo mayor vive en su propia casa dentro de la propiedad, y los otros tres chicos viven en sus propias tierras. Todos están casados, excepto Beatrice. Siete nietos.

—Felicidades —respondí—. Todo un legado.

Asintió.

—Para estar seguros. Laura no habría cambiado a los niños por el mundo, pero renunció a una parte de ella para criarlos. Yo, bueno, yo dirigía el rancho. Aún lo hago.

Pero los niños crecen, hacen sus propias vidas. Creo que Laura hubiera querido dejar su propia marca en el mundo, en lugar de ayudarnos a todos a hacer la nuestra. —Bebí mi café mientras pensaba en lo que dijo—. Una mujer va a sacrificar más de lo que un hombre jamás sabrá por sus hijos. Si eres bendecido con ellos, su sacrificio será más grande que el tuyo. Encuéntrala a mitad de camino, jovencito, en todas las cosas.

—Ese es un sabio consejo, señor. ¿Puedo hacerle una pregunta? —Jim asintió—. Si su esposa quisiera unirse a usted en un transporte de ganado, ¿la habría dejado?

Sus ojos se abrieron de par en par.

—Diablos, no.

Me relajé en mi silla.

—Le dejaría ayudar a clasificar a los animales y marcarlos. Si tu esposa quiere ensuciarse las manos, déjala. Luego llévatela a algún lado y ensucia el resto de ella. —Me guiñó un ojo y no pude evitar sonreír.

11

HANCE

Era el segundo día fuera de Parsons y el ganado se dispersó en una línea ancha que se movía hacia el este a su ritmo lento y laborioso. Nosotros seguimos detrás a caballo, los tres nos dispersamos para mantener el control. El que estaba en el flanco derecho, Ivers, llevaba una cuerda de vuelta a la manada. En general, su trabajo era mantener a las vacas vagando en la dirección correcta. El sol estaba detrás de nosotros, el aire se enfriaba mientras la noche comenzaba a instalarse. Afortunadamente, había sido un día aburrido. La emoción en un transporte de ganado significaba que algo andaba mal. Con las lluvias no había polvo que se levantara y nos ahogara. No había nada más que una pradera abierta frente a nosotros y árboles de algodón que rodeaban un arroyo en la distancia. Fue mientras pensaba en lo mucho que los niveles del arroyo habían retrocedido cuando vi a un jinete a esa distancia, difícil para ser reconocido, pero enseguida supe quién era. Conocía cada línea de ese cuerpo, cada pedazo de piel cremosa, cada suspiro suave, incluso su aroma. Rosa.

Santo cielo, la mujer tuvo el descaro de ignorar cada una de mis palabras y deseos. ¡La mujer iba a ser mi muerte y ni siquiera habíamos estado casados una semana! Cabalgó directamente hacia el centro de la línea de ganado y luego hacia mí. Espoleé mi caballo para encontrarme con ella.

Su sombrero estaba bajo sobre su cabeza, su cabello recogido en una sola trenza que colgaba gruesa y larga por su espalda. Llevaba su ropa de trabajo habitual de blusa y pantalones y miré de derecha a izquierda para ver si los hombres la habían notado. ¡Por supuesto que la notaron! Tendrían que estar muertos para no ver a una hermosa mujer en medio de un maldito transporte de ganado. Ella era como un espejismo en un desierto; los hombres probablemente se preguntaban si era real. Era hermosa, tan jodidamente hermosa que me dolía el pecho. El sol estaba sobre su rostro, la iluminaba con un suave resplandor, los mechones largos de cabello que se habían desprendido de su trenza parecían de oro hilado.

—¿Pasa algo malo en casa? —Tenía que ser racional y darle la oportunidad de ofrecer una razón considerable y lógica para su desafío—. ¿Alguien está enfermo?

Me miró con confusión.

—No, por supuesto que no. ¿Por qué?

—Quería ver qué tipo de problema de vida o muerte existía para que aparecieras contrariamente a mis deseos.

Su mentón se levantó desafiante.

—Este es mi ganado ahora, también.

—Será tu ganado cuando esté pastando en nuestra tierra. ¿Qué diablos haces aquí, Rosa?

Su mentón se inclinó desafiantemente.

—Si vamos a dirigir el rancho juntos, entonces yo debería estar involucrada. ¡No puedes dejarme atrás!

Pensé en las palabras de Jim, de cómo había que hacer sacrificios. Su seguridad no era uno de ellos. Tampoco lo era dejar que los hombres la vieran con pantalones. Su figura y esas piernas bien formadas eran para que nadie más las viera. Diablos, yo era un hombre codicioso cuando se trataba de Rosa.

Miré hacia la izquierda y di un silbido chillón. El hombre más cercano, Stills, se giró haca mí y se acercó por mi gesto. Observó a Rosa, incluso recorrió la mirada por su cuerpo, deteniéndose en lugares que me hicieron poner de color rojo. Me aclaré la garganta y me miró, aunque no lo suficientemente rápido para mi gusto. Apreté mis dientes, queriendo ponerlo en su lugar, incluso deseando tener mi puño en su nariz. Pero ni las palabras ni las acciones eran aptas para que Rosa fuera testigo.

—¿Los dos pueden encargarse de la manada esta noche? —dije en lugar de eso.

El hombre asintió.

—Necesito ver a mi esposa. —No le di al hombre más tiempo que para quitarse el sombrero ante mi mujer antes de tomar sus riendas y alejarme.

Nos dirigimos hacia el oeste por donde habíamos venido, en sentido a un arroyo y a uno de esos grupos de árboles de algodón. Con los hombres y las vacas en la otra dirección y los grandes árboles que nos protegían de la vista de los otros, tendríamos la privacidad necesaria. No había nadie alrededor. Desmonté, y luego dejé caer las riendas al suelo para que los animales caminaran hasta el arroyo para beber agua. Me quité el sombrero, me pasé la mano por el cabello y luego lo enganché en el pomo de mi silla de montar.

—Bájate, Rosa.

Me miró con cautela, pero fácilmente deslizó su pierna. Puse mis manos en sus caderas para ayudarla a bajar sin importar si lo necesitaba o no.

—Estás enfadado —dijo ella, cruzándose de brazos sobre el pecho. Claramente, llevaba esa rara envoltura para recogerse los senos, ya que ahora sabía el tamaño que tenían. Estaban bien escondidos, y por una vez, me sentí agradecido por ese artilugio infernal, contento de que los hombres no hubieran visto todas sus exuberantes curvas.

—¿Enfadado, gatita? Hablemos de las razones por las que podría estar molesto contigo. —Levanté mi mano con un dedo hacia arriba—. Me desafiaste cuando dije que no podías venir al transporte.

Se encorvó, pero no respondió. Levanté un segundo dedo.

—¿Le dijiste siquiera a la señorita Trudy adónde ibas o desapareciste antes de que saliera el sol?

Apartó la mirada y supe mi respuesta. Entonces levanté otro dedo.

—¿Alguna vez consideraste que podrías estar en peligro, sola en la pradera?

En lugar de apartar la mirada, se dio la vuelta para darme la espalda.

—¿Cuál es la primera regla que aprendiste cuando eras una niña? —le pregunté.

La escuché murmurar algo, pero no pude distinguir las palabras.

Me puse las manos en las caderas.

—¿Qué fue eso, gatita?

Me acerqué más.

—Siempre dile a alguien hacia dónde vas —suspiró.

—¿Por qué es eso, te ruego me digas?

Inclinó su cabeza a un lado como si fuera una adolescente rebelde.

—Porque hay peligros en cualquier lugar y nadie podrá encontrarme si me lastimo.

Tomé los pocos pasos que nos separaban, la agarré de los hombros y la giré. Le quité el sombrero de la cabeza, dejé que cayera y colgara de la cuerda por su espalda.

—Si te hubiera mordido una serpiente de cascabel, habría estado dos días más en el camino antes de saber que te habías ido, después habría tenido que ir a buscarte, a través de una vasta pradera y para entonces estarías muerta. —Mi voz se elevó mientras hablaba. No pude evitarlo. Le di una pequeña sacudida y luego me aparté.

Estaba respirando con fuerza y sentí mi pulso que se aceleraba.

—¡Lo siento! —exclamó.

—¿Perdón? —Giré la cabeza para mirarla—. Jesús, Rosa, podrías haberte caído del caballo o haberte lastimado de otra manera y yo no podría haberte ayudado.

—Debiste haberme llevado contigo para empezar —refunfuñó.

Fruncí los labios y conté hasta diez. Me moví hasta mi caballo, que no se había aventurado a comer la hierba alta, y agarré mi saco de dormir.

—No vamos a discutir mi decisión de nuevo. —

Extendí la manta y la señalé—. Ahora te vas a poner de manos y rodillas, te vas a bajar los pantalones y te voy a dar unos azotes que no olvidarás.

—¡No lo haré! —gritó. Sus ojos estaban llenos de fuego, cada línea de su cuerpo desafiante.

—¿Adónde vas a ir, gatita? —Levanté los brazos en el aire—. No hay nadie aquí. Grita todo lo que quieras, pero sabes que mereces un castigo. Te pones en peligro y eso no está permitido.

—¡Chance!

—Iban a ser veinticinco, pero ahora son treinta.

—Chance. —En lugar de escuchar indignación en su voz, ahora escuchaba súplica.

—Cuarenta. —Crucé mis brazos sobre mi pecho, no estaba dispuesto a retroceder en lo más mínimo. Refunfuñó algo mientras tiraba de la cuerda de su sombrero sobre su cabeza. Sin gracia alguna, se puso de rodillas y me miró por encima del hombro.

—Los pantalones, gatita.

En vista de que iba demasiado despacio, la ayudé, extendiendo la mano y soltando el botón, luego tirando de la tela por encima de sus caderas. Cómo la señorita Trudy le permitió usar los pantalones en primer lugar, me sobrepasaba. El hecho de que ella continuara permitiéndole que los usara después de cumplir cierta edad solo mostraba lo relajadas que habían sido las reglas para Rosa. Necesitaba orientación. Necesitaba dirección. Necesitaba una mano firme. Era mi trabajo dárselas. Ahora mismo.

Cuando los pantalones quedaron alrededor de sus rodillas y su trasero perfecto fue visible, respiré profundamente. Era una vista para contemplar, con castigo o sin él, y a mi pene no le importaba.

—Me alegra ver que no llevas calzoncillos.

—No tengo ningunos —refunfuñó—. Parece que todos los que me llevé a tu casa han desaparecido.

Suspiré, dejé salir algo de mi frustración.

—*Nuestra* casa. —Me detuve, dejando que la frase prevaleciera—. Estabas en una casa llena de mujeres. ¿Cómo no encontraste unos para ponerte?

Me miró con total asombro.

—*No* compartimos las cosas de abajo.

Se formó una sonrisa en mi boca.

—Me alegro de haber descubierto una regla que no romperás.

Frunció el ceño.

Me moví para sentarme en la manta, Rosa en mi regazo, su trasero hacia arriba. Se retorció y se meneó, pero la mantuve quieta.

—¿Por qué estás siendo castigada? —pregunté.

—Porque fui imprudente con mi seguridad.

Azote.

Se inclinó hacia adelante tras mi golpe, pero no se movió. La azoté tres veces más, golpeando un lugar diferente cada vez. Su trasero se estaba volviendo de un hermoso tono rosa y una huella de mano se formó en la parte superior de su cachete derecho.

—¿Por qué más, gatita?

—Te desobedecí.

Le di cinco azotes más rápidos. A medida que se movía, su incomodidad era obvia, sus rodillas se separaban y su vagina se hacía visible. Pude ver su piel perfectamente afeitada y sus bonitos pliegues rosados. En la tenue luz, noté el resplandor de su deseo. Le gustaba lo que le estaba haciendo, dominándola como lo hacía.

—¿Qué más?

Abajo sobre sus codos, sus manos se agarraban con fuerza a la manta. Cuando cambió de posición, su vagina se abrió aún más, sus pétalos se extendieron y vi cada centímetro perfecto de ella. Ahogué un gemido, porque quería lamerle la vagina y hacerla venir. Eso tendría que esperar, porque no habíamos terminado con su castigo.

—¡Yo... no lo sé!

Azote.

—No vas a usar esos pantalones enfrente de los hombres. Muestran tu forma de mujer. Tu cuerpo es para que yo lo vea, nadie más.

Azote.

Mi palma se estremeció al terminar su castigo, viendo cómo su carne se oscurecía de un rosa pálido a carmesí. No la azoté demasiado fuerte, porque el número era alto. Mi pene estaba duro contra el cierre de mis pantalones, para nada interesado en los azotes sino en lo que estaba por suceder. Una vez que terminé, exhalé y pasé mi palma sobre su carne caliente, dejando que la picadura se filtrara.

—Estás mojada, gatita. ¿Necesitas algo más de mí?

Tenía los ojos cerrados y se frotó la mejilla contra mi manta.

—Dilo. Dime lo que necesitas.

Me miró.

—Te necesito a ti.

—¿Dónde?

—Dentro de mí. Necesito venirme.

Sí, por la forma en que estaba meneando las caderas, sabía que estaba tan ansiosa como yo.

No me detuve, sino que la moví de mi regazo, pero la

mantuve sobre sus antebrazos y rodillas. Ni siquiera le quité el resto de su ropa, porque necesitaba estar enterrado dentro de ella, saber que era mía y que estaba a salvo. Mis dedos desabrocharon hábilmente mis pantalones, los empujaron lo suficiente como para liberar mi pene. Moviéndome sobre mis rodillas, me alineé con su dulce apertura, la agarré de la cadera y la llené hasta el borde. Estaba tan ajustada, tan caliente y pegajosa. Gritó y gemí.

—Eso es, gatita, justo donde quiero estar. Bien profundo dentro de ti.

12

HANCE

Hice una pausa por un breve momento y luego empecé a moverme. Esto no iba a ser gentil, ni romántico. Esto era follar, una follada sucia que ambos necesitábamos. Había estado lejos de ella demasiado tiempo y parecía que ella sentía lo mismo. No era que la quisiera en el maldito transporte de ganado, pero habíamos sobrepasado el límite de nuestra necesidad. Entonces me ocuparía del resto.

Estaba tan mojada que los sonidos colmaban el aire. El olor de su excitación era embriagador. Mis caderas chocaban contra ella a un ritmo constante, mi pene manejaba mis movimientos más que mi mente. Tan solo la sensación de ella apretándome el pene hizo que se me nublara el cerebro. Podía sentir mi orgasmo creciendo, el calor hirviente del duro combate. Sus caderas empezaron a empujarme, encontrándome mientras la llenaba con el sonido de carne chocando contra carne. La luz del sol hizo que la piel de su culo se volviera de un rojo ardiente tras los azotes, y el resto de su carne expuesta era de un dorado brillante. Su cabello era un enredo salvaje, su trenza se pegó a su nuca sudorosa.

—¿Quieres venirte, gatita?

Asintió.

—¡Sí! Oh, sí, por favor, Chance.

Reduje mi ritmo, me acerqué y pasé mis dedos por su humedad, acariciando el nódulo hinchado de su clítoris. Mientras continuaba follándola, empecé a estimularla más, cuidadosamente, lentamente, aunque muy deliberadamente.

—¡Oh! —gritó, los movimientos de su cuerpo perdieron su ritmo consistente.

—Todavía no. No puedes venirte todavía.

—¿Por qué? —gritó, volviendo su mirada suplicante hacia mí. Sus ojos verdes estaban brillantes y salvajes.

—¿Te sientes fuera de control? ¿Desesperada? ¿Frenética? —Mis palabras se escaparon entre mis respiraciones pesadas. No dejé de estimular su cuerpo. Sus ojos se ensancharon cuando mis dedos se detuvieron. "Sí", gimió. Sus caderas se movieron hacia atrás y mi pene presionó increíblemente profundo—. Bien. Ahora te sientes como yo cuando te vi montando. Este matrimonio no funcionará si ambos estamos fuera de control. Los dos nos volveremos locos. —Continué con las pacientes embestidas de mi pene, el leve movimiento de mis dedos, pero fue a un costo. El sudor goteaba por mi sien, mi pene estaba desesperado por dejar que mis necesidades básicas se apoderaran de mí y cambiaran el ritmo para follar con todas mis fuerzas. Rosa, sin embargo, tenía que saber cómo me sentía—. Dios, Rosa, te sientes tan bien. Aquí es donde pertenezco, llenándote. ¿Sabes lo ardiente que es verte así? ¿Ver los bonitos labios de tu vagina alrededor de mi pene? Si algo te pasara…

La necesidad por ella era demasiado y me incliné hacia atrás para volver a empujar profundamente una vez más. No pude contenerme.

—¿Lo entiendes? —gruñí.

—Sí —contestó con voz necesitada y casi un poco desesperada. ¿Arrepentida, tal vez? ¿Era ingenuo al pensar que solo una follada la haría entrar en razón? ¿Necesitaba tenerla debajo de mí siempre para que entendiera lo mucho que significaba para mí? ¿Podría alguna vez dejar que se levantara?

Moviendo las manos, la agarré con fuerza de las caderas, la moví, ya que quería frotar mi pene de la manera que quisiera.

—Acércate y tócate. Juega con tu clítoris hasta que te vengas. Quiero verte hacerlo. —Mis palabras fueron rústicas mientras mi aliento entraba y salía de mis pulmones.

Bajando, se acomodó y empezó a jugar, los sonidos de su respiración cambiaron inmediatamente. Sentí sus paredes internas apretarse fuertemente y supe que estaba cerca. Nunca costaba mucho llevarla al límite. Los pequeños sonidos de los suspiros eran un indicador, así que me eché hacia atrás e hice movimientos muy ligeros justo dentro de su abertura, usando la cabeza ancha para frotar ese punto que tanto le encantaba.

Solo tomó tres o cuatro estocadas y se vino, todo su cuerpo se tensó mientras gritaba mi nombre. No pude contenerme, no pude resistir otro momento y me sumergí en ella, golpeando su vientre una y otra vez. Mis pelotas se apretaron, mi semen hirvió e hice erupción, los días de abstinencia lograron que la bañara copiosamente.

Rosa se desplomó sobre la manta. Sus ojos permanecieron cerrados y su respiración comenzó a ralentizarse. La recuperación fue difícil, porque todavía estaba duro y la quería de nuevo. Liberando mi pene, vi cómo mi semen se deslizaba por sus pliegues. Era una sensación tan intensamente masculina, ver a mi esposa saciada y marcada, sabiendo que era mía, que este semen tal vez echara raíces.

Suspiré y me puse de pie, arreglando mis pantalones y metiendo mi camisa por dentro. No importaba cuánto deseaba quedarme en las orillas del arroyo y tener a Rosa una y otra vez, la manada se estaba acercando a casa y necesitábamos alcanzar al grupo.

Me acerqué a la alforja de Rosa y la registré, donde encontré una falda, sorprendentemente. La saqué y caminé hacia Rosa, que ahora yacía de costado, mirándome.

—¿Quieres ir al transporte de ganado? Muy bien, pero debes usar esta falda sobre tus pantalones. Pensaré en lo que hay debajo en todo el camino a casa, los hombres no lo harán. Gruñí lo último, porque Rosa era una mujer hermosa y sabía que usar la falda para tener más modestia no ayudaría en este asunto.

* * *

ROSA

. . .

El transporte de ganado fue peor de lo que podría haber imaginado. Creí que pasaría los días cabalgando en la hermosa pradera, viendo a las vacas andar a toda velocidad hasta que llegáramos a las tierras Goodman. Definitivamente se trataba de una fantasía ridícula y una completa falacia. Desde el momento en que con Chance volvimos para reunirnos con los hombres, me sentí miserable. Además, con la inflamación de mis partes, tenía que montar un caballo, nunca descansamos y la comida era carne de res seca y frijoles enlatados fríos que se comían directamente de la lata con una cuchara y agua. Chance no se apartó de mi lado, le daba a cualquier otro hombre que me mirara a los ojos una mirada que habría matado al hombre más débil. Y así, ya desde la primera hora, los hombres me evitaron como si llevara la plaga.

Cuando cruzamos un arroyo, rebasado por la lluvia constante, uno de los terneros perdió el equilibrio y fue arrastrado río abajo. Chance y yo seguimos la línea del arroyo hasta que se ensanchó y él pudo rescatar al animal rebelde. Una vez liberado del agua, el ternero encontró un camino hacia la orilla lejana para aventurarse en busca de su madre que bajaba lamentablemente. Nuestros caballos no eran tan hábiles y cuando mi animal empezó a trepar por la orilla, perdió el equilibrio y se salió mi montura, y allí caí.

Chance, que se mantuvo a mi lado, se acercó rápidamente para asegurarse de mi bienestar, pero cuando descubrió que mi orgullo estaba herido más que ninguna otra parte de mí, no pudo evitar reírse. Me senté en el agua en movimiento, empapada de pies a cabeza. Mi trasero estaba dolorido, tal vez por haber caído sobre él, pero también podría haber sido por los azotes de Chance y por tener que montar un caballo inmediatamente después.

Me puse de pie con el agua goteando de mí, quería refunfuñar, y sabía que no podía, pues *debía* estar cómodamente instalada en el rancho Lenox, en lugar de estar empapada hasta los huesos, pero había tomado mi decisión. *Quería* estar aquí con Chance. Quería llevar a nuestras vacas a nuestro rancho. Quejarme no me serviría de nada.

Afortunadamente, el agua no era profunda y estaba tibia bajo el sol caliente. Me subí a mi caballo y me senté de nuevo en la silla, lo cual fue difícil con mi falda y mis pantalones empapados. Poniendo mi caballo en movimiento, seguí el lecho del arroyo más abajo hasta que hubo una pendiente más accesible. Chance me siguió, pero pude sentir su sonrisa y regocijo a mis espaldas.

El único placer que encontré el resto del día fue cuando Chance nos llevó a través de la oscuridad de la noche lejos de los hombres, cerca de un tramo diferente del arroyo donde nos lavamos el sudor, la suciedad en kilómetros de nuestra piel. Estaba contenta de poder despojarme de mis ropas empapadas y Chance me proporcionó una de sus camisas para que la usara. Como la que había usado unas noches antes, me llegaba casi hasta las rodillas y me enrollé las mangas hacia atrás. Esta vez, sin embargo, no tenía falda ni ropa interior para usar con ella. Afortunadamente, se sentía suave sobre mi piel y tenía el olor distintivo de Chance. Me deleitaba con la forma en que su olor me envolvía. Bajo la luz de la luna, observé cómo colocaba su saco de dormir una vez más, y me apretaba el trasero recordando lo que me había hecho más temprano.

—Nunca he follado mientras estaba en un viaje antes de hoy, gatita. Contigo aquí, ¿cómo puedo resistirme?

Debí haberlo rechazado por su brutal demostración de dominio cuando me azotó, por la intensa forma en que me tomó y retrasó mi placer, pero no pude. Lo deseaba con la misma intensidad, y resistirme solo me impediría obtener lo que yo también quería.

Sería la tercera vez que me tomaba al aire libre y me deleitaría con ello. Había algo diferente, algo casi primitivo en estar con Chance sin un techo sobre nuestras cabezas o una cama debajo de nosotros, con los grillos que cantaban en la oscuridad y una ligera brisa en el aire cálido.

Sus manos estaban desabrochando los botones de mi camisa, sus nudillos rozaban mi piel mientras lo hacía. Cuando la prenda se deslizó por mi cuerpo, sentí la libertad que había deseado durante tanto tiempo. Me sentí desinhibida, desnuda como estaba, afuera y expuesta, pero solo con él. Me emocionaba el brillo oscuro en los ojos de Chance, sabiendo que me quería tan desesperadamente. Se desnudó con prisa y luego se acercó para que nuestros cuerpos se alineasen, su piel caliente contra la mía, nuestras bocas fusionándose en un beso. Este no fue un beso de enojo, sino un asalto. Era como una posesión. Su lengua lamió la mía y no pude evitar el gemido que se escapó. Tirando de la cinta de la parte inferior de mi trenza, dejó que los rizos se desenredaran y se desplegaran sobre mi espalda.

—No puedo tener suficiente, gatita. —Apoyó su frente contra la mía, respirando con fuerza. —Creo que nunca tendré suficiente.

—Chance, por favor —le supliqué, queriendo su boca

de nuevo. Mis labios, mis senos, mi vagina, donde sea que él quisiera.

—La última vez fue rápido. Esta vez, voy a hacerlo despacio.

La idea era tan atractiva, que mis paredes interiores se apretaron con anticipación. Yo estaba tan ansiosa como él. Sentí su pene empujar mi vientre, lo miré. Me lamí los labios, ansiosa por volver a saborearlo, de hacerlo perder la cabeza.

Me arrodillé sobre la manta.

—Gatita —suspiró.

Desde esta posición, su pene muy erecto estaba a pocos centímetros de mi boca y se me hizo agua la boca. Recordé a qué sabía, cómo se sentía en mi lengua.

—Dime… Dime cómo te gusta —le dije, mirándolo. Quería darle el mismo placer que me dio a mí. Lo hice libremente y con entusiasmo. Quería mostrarle cuánto lo deseaba.

Gruñó profundamente desde su garganta.

—Lámelo, gatita. Pásame tu lengua por la cabeza.

Saqué mi lengua. Estaba duro, pero aun así suave como la seda. Había humedad en la punta y sabía salado.

—Buena chica. Ese fluido es mi pene listo para ti. Lámelo todo.

Lo hice, pasando mi lengua sobre la cabeza ancha como si fuera una paleta de caramelo, con el sabor de él cubriendo mi lengua. Su mano se deslizó en mi cabello, se enredó allí y me mantuvo quieta.

—Justo así. Ahora tómame dentro de tu boca.

Escuché sus instrucciones y lo tomé profundamente, la necesidad de toser me hizo retroceder y mis ojos se pusieron húmedos.

—Eres... eres demasiado grande.

—Agarra la base. Sí, así. Más apretado. *Sí*. Ahora desliza tu mano hacia arriba y hacia abajo. —Siseó un poco mientras lo hacía—. Sigue haciendo eso y vuelve a poner mi pene dentro de tu boca. Fóllame con la boca, gatita.

13

OSA

Agarrando la base como lo estaba haciendo, me permitió llevarlo a mi boca sin ahogarme y pude estimularlo como me lo había indicado. Sentí el dorso grueso de una vena a lo largo y dejé que mi lengua se deslizara encima. Una vez que me di cuenta de que a Chance le gustaba lo que estaba haciendo —la mano en mi cabello se apretó y empezó a moverme hacia adentro y hacia afuera, guiándome silenciosamente— dejé de preocuparme por si lo estaba haciendo correctamente y me concentré únicamente en complacerlo, en hacerlo venir.

Agarré su muslo con una mano para mantener el equilibrio. Escuché cómo su respiración cambiaba, sentí que su pene se engrosaba y alargaba dentro de mi boca, podía distinguir su aroma limpio a excitación en el aire de la noche.

—Me voy a venir gatita, y quiero que te tragues todo mi semen. Sí. Bien. Me voy a…venir.

Continué moviendo mi agarre mientras sentía un grueso chorro de semen en la parte posterior de mi garganta y tragué. Me llenó una y otra vez e hice un esfuerzo para tragármelo todo. Finalmente, su mano se relajó y él exhaló, retrocediendo para que su pene se saliera de mis labios.

Me limpié la boca con los dedos, pues sentía las gotas pegajosas de su semen. Cayendo de rodillas ante mí, me quitó el cabello de la cara.

—Eres muy buena en eso, gatita. —Pude ver en la pálida luz de la luna la forma en que su boca se levantó. Su tono era ronco, relajado, y me hizo sentir increíble saber que yo le había hecho esto, que lo había saciado y aún estaba excitado. Ahora que no estaba concentrada en él, noté que mis pezones estaban bien apretados y mis muslos resbaladizos con mi propia necesidad.

—Con esa primera follada —una deliciosa follada con la boca— es hora de concentrarme en ti. Tenemos toda la noche.

Apreté todas mis paredes internas al oír sus palabras. Chance se agachó y se apoyó en sus manos para cernirse directamente sobre mí, bajó la cabeza y se llevó un pezón a la boca. La sensación caliente de esa dulce succión hizo que un pequeño gemido se escapara de mi garganta.

—Chance…

Después de lamer la punta con una atención tierna, respiró allí y el aire enfrió la punta húmeda hasta que se apretó dolorosamente.

—¿Te gusta?

Asentí.

—Bien, si dices lo contrario, tendré que darte unos azotes por mentir.

Se movió hacia mi otro seno y mis dedos se movieron hacia sus hombros para acercarlo más.

—Me... me asusta que me guste cuando me das azotes.

Se detuvo ante mis palabras, levantó la cabeza.

—¿Te asusta? ¿Cómo?

No hubo tono burlón. Solo escuché preocupación en su voz.

—No quiero que me guste. ¿En qué me convierte que me guste algo tan oscuro como eso?

Me besó en la boca, con su lengua enredándose con la mía fácilmente. Más tarde en algún momento levantó su cabeza—. Eso te convierte en mi esposa. No hay vergüenza en nada que hagamos juntos, gatita. Ahora veamos si puedo hacer que seas mi gatita salvaje.

* * *

Acababa de amanecer cuando Chance me despertó. Era difícil moverme, porque él había estado tan apretado contra mí, espalda con frente, una vez que finalmente me dejó dormir. Ahogué un gemido, sabiendo que no podía quejarme ya que el viaje había sido mi elección. Me puse la ropa que se secó durante la noche, aunque arrugada y sucia. Los otros dos hombres estaban bebiendo café de tazas de aluminio cuando llegamos. El olor oscuro llenó el aire y se me hizo agua la boca para tomar un poco de la bebida abreojos.

—¿Quiere un poco, señorita? —preguntó Ivers. Era bajo y fornido, y estas fueron las primeras palabras que le escuché decir.

—Sí, gracias —respondí, deslizándome del lomo de mi caballo.

Chance también desmontó.

—Nos queda un día más de camino.

Alcancé la taza que Ivers me tendió. En vez de dármela, la dejó caer y me agarró de la muñeca, tirándome con fuerza hacia él para que la parte delantera de mi cuerpo chocara con el suyo. Jadeé ante el movimiento sorpresivo.

—Dependiendo de la manada, podríamos llegar a la tierra de Goodman para…

Stills sacó un arma de su cadera y la apuntó a Chance. Grité al ver que el arma letal apuntaba hacia él.

—¡No! —grité.

Luché contra el agarre del hombre, pero no cedió. El miedo tenía mi mente nublada, incapaz de hacer que los pensamientos se fusionaran. Me sentía fuera de lugar, no esperaba que estos hombres hicieran algo tan precipitado y peligroso.

—Rosa, detente —ordenó Chance. Me quedé quieta como lo pidió, pero mi corazón estaba latiendo frenéticamente.

—Oh, me gusta lo obediente que es. Ahora, esto es lo que va a pasar —dijo Stills. Él era alto y delgado, tenía sus ojos entrecerrados y penetrantes—. La señora se va a ir con Ivers mientras tú y yo charlamos un poco.

Chance levantó las manos lentamente y permaneció considerablemente tranquilo.

—Déjala ir. Lo que sea que hayan planeado no necesita involucrar a una mujer inocente.

—¿Inocente? —Stills sonrió mientras mantenía su

mirada fija en Chance—. No me parece tan inocente después de la forma en que gritaba anoche.

Incluso con el pánico que me abrumaba, sentí que mis mejillas se calentaron. ¡Habían escuchado lo que Chance y yo hicimos durante la noche! Eso hizo que los actos que Chance había dicho que quedarían solo entre nosotros parecieran sucios y vulgares.

Ivers se rio.

—Mmm. Quizá pueda mostrarme algo de lo que hizo, señorita. Sé que lo disfrutaré.

La bilis se elevó en la parte posterior de mi garganta por la forma en que su mano se movía hacia arriba y hacia abajo de mi brazo. Si fuera la mano de Chance sobre mí, sería una caricia. La mano de este hombre se sentía obscena.

—¿Por qué estás haciendo esto? —gruñó Chance.

—Esa es una gran manada de ganado. Contigo muerto y nosotros para guiarlos, irán a nuestras tierras.

¿Muerto? Iban a matar a Chance y podía imaginarme lo que me harían a mí. Tampoco podían mantenerme con vida si yo era testigo del crimen. Iban a matarme, pero cuando miré a Chance en busca de ayuda, supe que lo que planeaban hacer de antemano me haría desear estar muerta.

Los ojos de Chance se entrecerraron, sus puños se apretaron.

Ivers me arrastró hacia un caballo.

—Arriba.

Negué con la cabeza.

—No. No puedo.

—O te subes a ese caballo o le disparo a Goodman ahora mismo.

Miré a Chance que estaba concentrado únicamente en mí.

—Pero Chance…

Asintió y me subí a la silla de montar, la pistola era un riesgo demasiado grande para discutir.

Ivers se colocó detrás de mí y me mantuve erguida y lo más separada posible de él. Cabalgamos hacia el norte y miré hacia atrás todo el tiempo hasta que bajamos una pequeña colina y Chance desapareció de la vista. ¿En qué había estado pensando? Cuando Chance dijo que había peligros ocultos en un transporte de ganado, fui impertinente, no consideré ni por un instante esa advertencia. Justo como él me había dicho, yo había crecido entrenada para decirle a alguien adónde iba, dentro de los límites del rancho Lenox. Las tristes historias de la gente del pueblo a lo largo de los años le agregaban valor a este esfuerzo, pero yo nunca había conocido personalmente a nadie que se hubiera salvado del peligro por acatarlo.

Yo siempre fui inteligente. Reconocía un agujero de serpiente de cascabel cuando lo veía. Conocía las nubes que amenazaban con una mala tormenta. Sabía cómo apagar una hoguera para evitar que se extendiera a un incendio total. Sabía que debía llevar comida y agua en mi alforja. Sabía que no debía aventurarme a salir durante una tormenta de nieve. Lo sabía todo, o pensé que lo sabía.

Chance no me pretendía despreciarme cuando me dejó con la señorita Trudy y las chicas. Estaba intentando protegerme de las cosas que no podía controlar, como el hombre sentado justo detrás de mí. Fui testaruda y tonta, impertinente y desconsiderada con sus preocupaciones. Las lágrimas me obstruyeron la garganta por mi situación, por la forma en que traté al hombre que amaba. Él había estado presente en mi vida desde que tenía memoria; *yo lo había amado* desde que tengo memoria. Cuando era niña, sin duda me seguía la corriente en mis tontas payasadas concebidas para ganarme su atención, incluso ahora, las payasadas continuaban y yo seguía tratando de llamar su atención, aunque la había tenido todo el tiempo. Y aparecí estúpidamente en un transporte de ganado porque quería que me viera, que estuviera conmigo, que me amara. Por todo lo que había dicho y hecho desde que me rescató en Clayton, quizás desde que yo era pequeña, Chance me amaba.

No pasaron diez segundos cuando escuché el disparo.

—¡No! —grité y luché contra el agarre del hombre, y entonces el mundo se oscureció.

CHANCE

Observé cómo se llevaban a Rosa; con cada paso mi furia crecía más y más, pero el bastardo de Stills tenía el arma apuntando hacia mí. Podía verla directamente sobre el hombro del hombre.

—¿Por qué demonios quieres llevarte el ganado? Es una táctica estúpida, Stills. No es como si pudieras esconder quinientas cabezas.

Para salvar a Rosa, necesitaba salvarme a mí mismo, lo que significaba saber qué demonios estaba pasando. ¿Qué tan desesperados estaban estos hombres? Robar ganado, al menos de este tamaño, era una estupidez. Tuve que cuestionar su inteligencia por intentar llevar a cabo un plan tan descabellado, pero estúpido o no, Stills era el que tenía el arma e Ivers era el que estaba con mi esposa. ¿Este era su primer robo o era una rutina para ellos? ¿Reeves estaba involucrado? ¿Quería el dinero y las vacas también?

—No está marcado y planeo venderlo, romper el rebaño.

Esa era una opción lógica, una solución más viable que mantener a los animales juntos.

—Notarán que estoy perdido y vendrán a buscarme —agregué. El sol brillaba, incluso temprano en la mañana e iba a ser un día caluroso; el sudor corría por mi espalda.

Negó con la cabeza lentamente, se esparció una sonrisa en su rostro.

—Creo que los coyotes y otros animales te encontrarán primero.

—¿Y Rosa?

Se encogió de hombros.

—Pensarán que ella también está muerta, pero nos es más útil viva.

Su sonrisa cambió de retorcida a peligrosa. De ninguna maldita manera iba a tocar un cabello de la cabeza de Rosa. Si Ivers le hacía algo, era hombre muerto. Al carajo con eso, estaría muerto sin importar qué.

Cuando observé a Rosa y a su captor desaparecer de mi vista, supe que tenía que actuar y actuar ahora. Una vaca se acercó y se agachó, e hizo que Stills girase su mirada durante un breve instante. Aproveché la oportunidad para arrojarme sobre él, le saqué el brazo de la pistola y la lancé por los aires. Lo golpeé con contundencia, lo tiré al suelo, y el arma se disparó, el sonido fue ensordecedor en mi oído. Me perdió por completo, pero los animales se movieron a nuestro alrededor asustados por el ruido.

Antes, la ira alimentó mis movimientos, y le torcí la muñeca a Stills hasta que escuché que se le rompieron los huesos. Gritó de dolor cuando el arma cayó de su mano inútil, pero yo no había terminado. Me senté derecho, le rompí la cara con mi puño. La sangre salía de su nariz.

Las vacas comenzaron a mugir ruidosamente, y sus pisadas fuertes sacudieron el suelo. Mirando hacia arriba, reconocí las primeras señales de una estampida. No había manera de detener a un grupo de animales si se asustaban. Si uno escapaba, todos lo hacían, siguiendo a la manada. Estábamos en el suelo, justo en medio de las vacas. Golpeé a Stills una última vez y se desplomó, inconsciente. Agarrando el arma del suelo, me puse de pie y busqué un caballo. Cualquier caballo. ¡Allí!

Corrí hacia el animal, eludiendo y apartando al ganado con los ojos muy abiertos. Subiéndome al caballo igualmente asustadizo, tiré de las riendas y me puse en marcha. El ganado empezó a correr entonces, el sonido era como un trueno. Era posible que Stills se hubiera salvado de la estampida, pero solo deseaba que se muriera, pues recibiría lo que se merecía por considerar hacerle daño a Rosa. Seguí con la corriente de los animales su dirección oriental, pero dirigiéndome en ángulo hacia mi esposa.

Los animales podían correr una milla sin parar o desparramarse a lo largo de la pradera en todas las direcciones. Era la peor consecuencia para un transporte de ganado, pero no me importó. Rosa estaba con Ivers y necesitaba alcanzarla. No había sacado un arma cuando se la llevó, pero no significa que no tuviera una. Tenía que ser cauteloso cuando me acercara; la desesperación del hombre podía llevarlo a hacer cualquier cosa.

Reduje la velocidad de mi caballo, sabiendo que no podían haber ganado demasiada distancia. Ahora tenía que seguir y esperar, cada minuto que transcurría Rosa estaba con ese hombre tortuoso.

14

HANCE

—No puedes pensar que te voy a dejar mirar —dijo Rosa con la voz llena de ira.

No había ningún lugar para esconderse en la pradera tan abierta. Un caballo y un jinete habrían sido demasiado visibles e Ivers podría haber entrado en pánico al verme y lastimar a Rosa. Después de una hora, cuando me di cuenta de que se dirigían hacia un arroyo, asumí que para darle de beber al caballo, desmonté el mío, lo dejé y seguí a hurtadillas hacia el arroyo donde se encontraban ambos. Los árboles de algodón me ofrecieron refugio, permitiéndome acercarme lentamente a ellos, mis pasos se silenciaron por el sonido del agua que corría. Yo me situaba a diez metros río abajo y Rosa usaba todo su descaro. Ella era la vista más hermosa y la presión en mi pecho disminuyó con solo verla entera e ilesa.

—No puedo dejar que te vayas —replicó Ivers—. Ni siquiera para ocuparte de tus asuntos.

Rosa puso las manos sobre sus caderas y estrechó la mirada.

—¿A dónde crees que voy a ir? —Agitó los brazos—. Eres mucho más rápido y fuerte que yo. No es como si pudiera escaparme. El agua está muy poco profunda para saltar y nadar.

Usar el ego del hombre fue inteligente. Se estaba pintando a sí misma como una mujer indefensa, cuando sabía que eso era una falsedad. Era la mujer menos indefensa que conocía.

—Me pararé detrás de este árbol y hablaré todo el tiempo. ¿Eso será suficiente?

—Bien —contestó el hombre con voz desanimada, como si ella lo estuviera agotando.

Rosa se fue en dirección a un gran árbol y salió de mi vista. Empezó a hablar, en voz alta, de cómo tenía la intención de añadir un ribete de encaje al corpiño de uno de sus vestidos, tomándose el tiempo para describir el color del hilo que había comprado, y luego comentaba en voz alta cómo contemplaba si debía añadir el mismo encaje al final de las mangas o si este colgaría en su sopa.

Agité la cabeza y sonreí, sabiendo que hablaba solo para molestar al bastardo. Dudaba que Rosa supiera coser, y mucho más que alguna vez hubiese visto un pedazo de encaje en su vida. Nunca la había visto usar algo más allá de ropa útil y cómoda. No necesitaba encaje para verse más atractiva. De hecho, me gustaba más cuando no llevaba puesto nada en lo absoluto.

—¿Quieres callarte la boca? —gritó Ivers.

—Tú eres el que quería que siguiera hablando. —Rosa

salió por detrás del árbol—. Si no quieres que hable de encaje, entonces puedo compartir contigo una deliciosa receta de tarta de manzana casera. El secreto es añadir un toque de melaza a la miga porque se hornea dulce y luego se derrite en la boca.

—Señora, no me importa si eso se derrite en su boca o no. Esto es lo que va a hacer, solo siéntese en esa roca y quédese callada.

—Oh, no puedo sentarme en esa roca. ¿Sabes qué clase de animales viven bajo grandes rocas como esas? ¡Serpientes! También están los perros de la pradera, y sabes que tienen dientes afilados. Me niego a ser mordida por un animal salvaje mientras soy tu prisionera. ¿Cuándo terminará este cautiverio?

Me acerqué más mientras Rosa seguía hablando y hablando. Si no hubiera sabido que lo hacía intencionadamente, la habría considerado una tonta.

—¿Terminar? Vas a estar con nosotros por un tiempo. Tenemos planes para ti.

—Bueno, más vale que esos planes sean de corta duración. Oh, Dios mío —dijo ella.

—¿Y ahora qué? —refunfuñó.

—Puede que tengamos que quedarnos aquí un rato, porque estoy empezando a sentirme un poco mareada.

—¿Mareada? —repitió.

—Solo por las mañanas y llega de repente. Odiaría vomitar sobre ti mientras estás sobre el lindo caballo.

—¿Vomitar? ¿Qué demonios te pasa?

—Estoy en espera, por supuesto. El bebé no se puede apreciar demasiado, con la falda larga y todo eso, pero seguro que lo puedes notar.

Sus palabras hicieron que me congelara. ¿Bebé? Imposible. Bueno, probablemente, en realidad, pero ella no lo sabría todavía. Diablos, yo lo sabría. Ciertamente no estaba demasiado lejos para mostrar lo que había dicho. ¿Adónde quería llegar ahora?

—¿Bebé? —gritó Ivers—. Stills no dijo nada de que un bebé se mezclara en todo esto.

Me acerqué más, así que solo un árbol nos separaba.

—Fue una sorpresa para mí también. ¿Sabes cómo se hacen los bebés? Porque yo no lo sabía antes de casarme. Si van a mantenerme con ustedes, no debería ser violentada y entonces, por supuesto, las relaciones no están permitidas.

—¿Relaciones matrimoniales? Tu hombre está muerto.

—¿Muerto? Buena suerte. Claramente no tienes una mujer propia. No sabes nada sobre los bebés, de dónde vienen ni por qué las mujeres se casan. Había demasiadas bocas que alimentar y mi padre me entregó a ese tirano.

—Te escuché gritando a causa de tu placer anoche. Demonios, todo el territorio se enteró de ello.

—Él es, era, un hombre lujurioso, pero aprendí que si fingía disfrutarlo, terminaría más rápido.

¿Terminaría más rápido? *¿Terminaría más rápido?* La mujer iba a recibir unos azotes tan pronto como le pusiera las manos encima.

—En realidad, me alegra que te deshicieras de él. Ahora puedo viajar contigo y no tendré un hombre del que preocuparme. No es como si fueras a tocar a una mujer que tiene un bebé en su vientre.

Ivers refunfuñó algo y luego lo escuché caminar hacia el agua. Desde mi escondite, lo vi agacharse y lavarse la cara con agua. Antes de que pudiera hacer algo, Rosa se inclinó y recogió una roca del río y empezó a hablar de nuevo. El hombre ni siquiera se giró, claramente molesto con su presencia. Ella levantó su improvisada arma y cuando Ivers se giró para ver que se acercaba, le dio un golpe en la cabeza. Él cayó de cara al agua con un gran chapoteo.

Salté desde atrás del árbol.

—¡Rosa!

Se volvió hacia mí y una mirada de sorpresa total apareció en su rostro.

—¡Chance! Oh, Dios mío, escuché el disparo y pensé que estabas muerto.

Cerré la distancia entre nosotros y Rosa arrojó sus brazos alrededor de mi cuello, sus pies se elevaron del terreno. La abracé con fuerza y luego la besé. Estaba tan ansiosa como yo, nuestros labios se encontraron y nuestras lenguas se enredaron. Sostuve la parte posterior de su cabeza con una mano y la otra alrededor de su cintura para sostenerla fuertemente. Saber que estaba bien e ilesa hizo que toda mi energía se concentrara en el beso.

—¿Te lastimó, te tocó de alguna manera? Él no... —Mierda, no quería que sufriera el horrible impacto de que un hombre la usara en contra de su voluntad. Si lo hubiera hecho, nos enfrentaríamos a ello juntos, pero...

—No —dijo con vehemencia, sacudiendo la cabeza—. Me golpeó en la cabeza, pero solo tengo un ligero dolor. Además de eso, no me hizo nada.

Pasé mi mano sobre su cuero cabelludo y sentí un bulto.

—¿Estás segura de que no duele? —Podría haber estado confundida por un golpe en la cabeza, pero basándome en cómo se había comportado y en sus inteligentes acciones, dudaba que estuviera herida.

Negó con la cabeza. Aliviado, le dije:

—Creo que lo estabas volviendo loco con tu charla incesante.

Ella sonrió.

—Bien. Esa era mi intención. Recordé la forma en que las chicas hablaban entre ellas. Ningún hombre podía permanecer en la misma habitación con los temas que discutían.

—Muy inteligente.

Negó con la cabeza, pero no dijo nada.

Miré a Ivers y lo saqué del agua para que no se ahogara.

—Ve si tiene alguna cuerda en su alforja.

Rosa se apresuró mientras yo evaluaba el golpe en la cabeza de él. No había sangre, pero estaba inconsciente. Quería pegarle de nuevo solo por haber lastimado a Rosa, pero no habría sido tan satisfactorio ya que no estaba despierto. Rosa regresó con una cuerda corta y até a Ivers con facilidad. Cuando gimió, ella se inclinó hacia atrás y su mirada recorrió cada centímetro de mí.

—Pensé que él te había disparado.

Negué con la cabeza.

—Estoy sano y salvo.

Miró a la izquierda y a la derecha.

—Entonces, ¿dónde está el otro hombre? Podría atraparnos, ¡y tiene un arma!

Puse un dedo sobre sus labios.

—Stills no nos molestará nunca más. —No mencioné su espantosa muerte cuando saqué el arma de la parte de atrás de mis pantalones.

Incliné mi cabeza hacia Ivers.

—Tenemos que asegurarlo mejor, y luego ir a buscar ayuda.

La mano de Rosa me agarró del brazo.

—Quiero quedarme contigo.

Le sonreí.

—Parecía que lo hiciste muy bien por tu cuenta. —Lo había hecho. Había usado el cerebro para burlar a Ivers, permaneció ilesa y esperando el momento adecuado para salvarse—. Ni siquiera me necesitaste.

—Oh, Chance. ¡Lo siento tanto! Te necesito. Te necesito tanto. Debí haberte escuchado y no ser tan parecida a una mula terca.

—¿Mula terca?

Frunció los labios.

—Mula terca y caprichosa. Ahora veo por qué no querías que viniera. Seré más prudente en el futuro. —La miré suspicazmente—. Bueno, lo intentaré. —Me miró a través de sus pestañas mientras sus manos se pasaban por mi pecho en un gesto apaciguador que disfruté inmensamente.

Cabalgamos todo el día, montando el caballo de Chance atado al animal de Ivers para que nos siguiera, para regresar al rancho Goodman mientras el sol se deslizaba en el cielo. Estaba contenta de estar sentada dentro del círculo de los brazos de Chance, de costado sobre su regazo. Podría haber montado fácilmente al otro caballo, pero ninguno de los dos lo mencionó. Habría estado demasiado lejos y ambos necesitábamos el contacto físico. Para mí era para validar que Chance estaba vivo y entero, pero estaba tan cansada que me quedé dormida durante el viaje. Era casi imposible no hacerlo; el latido constante del corazón de Chance bajo mi oído era tan tranquilizador y calmante.

Sorprendidos por nuestro temprano regreso, Chappy y Walt salieron de la cabaña para encontrarse con nosotros. Después de enterarse de nuestras complicaciones, se dirigieron al rancho Lenox para obtener la ayuda de Gran Ed. El anciano iría a Clayton a buscar al alguacil. Al mismo tiempo, Chappy y Walt se dirigían al oeste para recuperar a Ivers de su estado atado en el arroyo, esperarían con él y luego se lo entregarían al alguacil cuando llegara. Después de eso, agruparían a las vacas y las guiarían hacia el camino correcto. Supuse que Chance también se iría, pero cuando me acompañó a entrar en lugar de ensillar un caballo fresco, me sorprendí.

—¿No vas a ir con ellos? Si quieres, me quedaré con las chicas.

—¿Ahora eres obediente? —Se limpió el rostro con una mano, haciendo que su barba se erizara; probablemente estaba tan cansado como yo.

—Temporalmente —respondí. La comisura de su boca se levantó.

—Entonces será mejor que lo aproveche.

Primero fuimos al baño, donde Chance me quitaba la ropa sucia, una capa a la vez. Gruñó cuando tuvo que desenrollar el envoltorio que cubría mis senos, pero eso fue todo. Estaba ansioso por limpiar la suciedad y la mugre del viaje, pero también el tacto de Ivers de mi cuerpo. No había hecho nada inapropiado, pero yo había tenido que sentarme con él encima de su caballo y eso había sido más que suficiente contacto para mí. Tomé mi turno primero en la bañera, Chance usando una toalla con jabón para limpiarme, prestando mucha atención a puntos específicos y muy placenteros de mi cuerpo antes de lavarme el cabello. Cerré los ojos y me deleité con la sensación de sus dedos masajeando mi cuero cabelludo.

—Sal, antes de que te duermas. Necesito que estés despierta para lo que planeo hacer.

Me ayudó a salir de la bañera y me secó él mismo, sus manos fueron suaves, pero cada línea de su cuerpo indicaba su necesidad.

—Tu turno —dije, desabrochándole los botones de la camisa. Cubrió mis manos con las suyas.

—Si me ayudas, no me limpiaré antes de follarte, gatita. —El brillo perverso en sus ojos mostraba la verdad de sus palabras—. Métete en la cama, las manos en la cabecera, las piernas abiertas y espérame.

15

OSA

—Chance… yo…

Una ceja de color oscuro se levantó.

—Estás siendo obediente, ¿recuerdas?

Me mordí el labio y di media vuelta. Me senté en el borde de la cama y me sequé las puntas del cabello con la toalla de baño mientras escuchaba a Chance chapotear en la bañera. Usando sus palabras como guía, asumí que no se tardaría en su baño, así que no me demoré mucho con mi cabello. La masa salvaje era una causa perdida; no había tiempo para deshacer los enredos. Respiré profundamente para calmar los nervios agitados, y seguía preocupada porque sabía que la actitud de Chance era relativamente suave para la situación en la que estuvimos más temprano. ¿Qué me iba a hacer además de follarme?

Había aprendido montones de cosas carnales en los

pocos días que llevábamos casados, pero me imaginaba que solo habíamos hecho las cosas más inocentes. Chance me había asegurado una y otra vez que lo que hacíamos juntos, sin importar cuán sucio o decadente fuera, era hermoso. A veces, cuando él estaba muy profundo dentro de mí, no sabía dónde terminaba yo y comenzaba él. Quería reafirmarlo ahora, después de lo que habíamos pasado, pero el no saber lo que había planeado hizo que mi ritmo cardíaco se acelerara.

—No escuchaste. —Un Chance desnudo apareció en la puerta, con las manos arriba de sus hombros mientras agarraba el marco de la puerta. Su pene estaba apuntado directamente hacia mí como si supiera dónde quería estar. Salté ante sus palabras pero me mantuve quieta, y luego me quedé mirándolo. No pude evitarlo. Sus hombros eran anchos, su vientre ondulado por los músculos. Una línea de vello viajaba desde su ombligo hacia abajo hasta el monte de vello en la base de su pene. Me lamí los labios, recordando la sensación de él en mi boca, el sabor de él en mi lengua.

—Gatita —dijo.

Me puse en la posición que él quería, mi cabeza sobre la almohada, las manos sobre mi cabeza y agarrando las tablillas de la cabecera de la cama, luego lo miré. Exhalé y relajé mis músculos tensos.

Él no se había movido, solo me siguió con los ojos. Con su barbilla, me indicó algo que olvidé. ¡Oh! Mis piernas. Doblé mis rodillas y planté mis pies en la cama, luego las separé. Solo cuando estuvo satisfecho con mi posición entró en la habitación. Colocó una rodilla en la cama e hizo que me moviera un poco, pero después permanecí inmóvil. Ubicándose entre mis rodillas abiertas, apreció la vista, tomándose su tiempo. Sentí su mirada sobre mí como si fuera su mano, una suave caricia que hizo que mis pezones se apretaran y que un escalofrío recorriera mi columna vertebral. Mi respiración se aceleró con la anticipación y deseaba que me tocara. Mis dedos se aferraron nerviosamente a la cabecera con un agarre resbaladizo.

—Te amo. —Las palabras salieron sin pensarlo.

Sus ojos se abrieron de par en par por las palabras, claramente sorprendidos. No esperaba decirlo, pero lo dije de verdad.

Me hizo un gesto con su dedo y me moví para sentarme. Una gran mano se pasó por mi cintura, atrayéndome hacia él, de modo que estábamos pecho con pecho, ambos de rodillas sobre el suave edredón. Su rostro estaba tan cerca que podía ver las manchas en sus ojos, la barba en su mandíbula fuerte. Me lamí los labios, insegura de mí misma.

Gruñó y luego susurró: "Gatita". Bajó la cabeza y su boca se encontró con la mía en un suave roce de labios. Me besó la comisura de la boca y luego la mandíbula hasta que besó la delicada curva de mi oreja.

—¿Sabes cuánto tiempo he esperado por esas palabras? —susurró.

Otro escalofrío bajó por mi columna vertebral con su aliento cálido en mi cuello. Me besó el lugar donde estaba el frenético pulso y luego volvió a subir para chuparme el lóbulo de la oreja suavemente.

—No —le respondí en un susurro.

—No puedo recordar cuándo no te amé.

Me congelé ante sus palabras, con mis manos sobre su pecho sólido.

—¿Lo… lo dices en serio?

—¿Dudas de mi amor? —Se echó hacia atrás lo suficiente para inclinar mi barbilla hacia arriba con sus dedos.

—Siempre peleamos —le contesté.

—Creo que eso cambiará ahora, ¿no es así? —Todavía sostenía mi barbilla, pero pasó su pulgar por encima de mi labio inferior.

Había luchado contra todos durante demasiado tiempo. No podía recordar cuándo no fui renuente. Discutía solo para que me escucharan, lo cual era difícil cuando crecí en una casa con diez mujeres. Así que encontré una manera de tener una voz y la usaba a menudo, también con Chance. Quería ser libre, pero lo había sido todo el tiempo. Incluso la señorita Trudy lo había eludido el día que Chance se fue al transporte de ganado. Casarme con Chance no me había quitado la libertad, sino todo lo contrario. Me había dado espacio para ser yo misma sin necesidad de pelear para ser escuchada.

Pero lo había visto. Yo seguí discutiendo con una cabeza caliente y una boca ruidosa, luchando contra él solo para ser difícil. Quería su atención, y sin embargo la había tenido todo el tiempo. *Su* atención especialmente. Una vez que nos casamos y peleé con él, me dio azotes. No me gustaba, pero me dio la atención que tanto buscaba. Era un círculo vicioso del que no me había salido, pero Chance lo había visto todo el tiempo. La última vez, incluso, dijo que yo estaba deseando que me dieran unos azotes. Probablemente así era.

—Oh —El sonido se escapó.

Las consecuencias de mi impertinencia nunca fueron tan extremas como sucedió durante el transporte del ganado. Chance logró que aprendiera que algunos límites no podían ser cruzados, que luchar contra ellos no me daría la atención que anhelaba, sino una situación que pondría en peligro mi vida.

Nos puse a los dos en peligro. Puse en peligro el sustento del rancho. Recordé el estruendo del disparo y supe que lo más preciado del mundo podría haberme sido arrebatado. ¿Y para qué?

Las lágrimas se acumularon y llenaron mis ojos.

— Oh—repetí—. He sido tan horrible contigo. —Las lágrimas cayeron ahora, sin impedimentos y la emoción que había estado guardando dentro las siguió. Esta era la primera vez que realmente lloré desde… siempre—. ¿Cómo puedes decir que me amas cuando no he hecho nada más que pelear contigo?

Incliné mi frente sobre su pecho y lloré, lloré por la cercanía a la muerte que compartimos, por la terrible actitud que tuve con él cuando todo lo que quería era mantenerme a salvo. Lloré por no apreciar las palabras de la señorita Trudy y lo que ella había experimentado en su dura vida. Había devaluado sus sueños, creyéndolos intrascendentes, cuando en vez de eso debería haber estado orgullosa de ella pues había trabajado y luchado increíblemente duro por sus sueños y todo lo que hice fue quejarme.

Chance me acarició la espalda mientras sollozaba, paciente como siempre. Cuando me quedé sin lágrimas, tuve hipo y me limpié la nariz con el dorso de la mano antes de que él me levantara la barbilla de nuevo.

—Me encanta que seas luchadora, independiente y fuerte. Valiente también. Me gusta cuando tengo que azotarte por ser insolente e insubordinada o simplemente obstinada.

No pude evitar darle una sonrisa llorosa.

—A mí también me gusta cuando me azotas.

—Hmm. Entonces no es un gran castigo. —Se detuvo y continuó—. Siempre estás conmigo, Rosa, incluso cuando no estás presente. El viaje a Parsons fue miserable. Hasta llovió. —Fruncí el ceño al escucharlo—. Tuvimos que dormir en la caballeriza. ¿Crees que preferiría estar en la cama contigo o en el heno con unos caballos y otros hombres? Puedes pensar que quiero hacer cosas sin ti, pero ese no es el caso. Quiero estar contigo… siempre, pero a veces es mejor si estoy solo.

—Porque es peligroso —respondí con voz suave. Chance se estaba explicando, quizás me regañaba un poco, pero no parecía tan duro ya que estábamos desnudos y yo estaba en sus brazos. Sentí su pene sobre mi vientre y mis senos presionados contra su pecho.

—Sí, pero también porque no puedo pensar con claridad cuando estás cerca. Me embrujaste, gatita.

La sonrisa en mis labios ahora era amplia y genuina.

—Odié el transporte de ganado —admití—. No solo la parte en la que apareció un arma o cuando me capturaba un hombre miserable.

Escuché un sonido grave escaparse de su garganta, pero por lo demás Chance permaneció callado.

—No me gustaba el olor, ni el paso lento, ni haberme caído en el arroyo. Odiaba estar mojada tanto tiempo. La comida era terrible y todo era aburrido. —Levantó una ceja—. Estaba equivocada.

Chance me besó en la frente y luego se inclinó hacia atrás.

—Estoy orgulloso de ti por admitirlo, pero serás castigada. Ah, gatita, la mirada en tu rostro no es la adecuada para esas palabras. No quiero ver deseo, sino preocupación.

Debería sentirme arrepentida, pero no lo estaba. Me sentía... libre. Por primera vez, pude liberar mi necesidad de tener el control. Podía entregarle mi cuerpo y sabía que él cuidaría de mí. No siempre tenía que ser yo quien dijera lo que era mejor.

Salí de los brazos de Chance y me giré para poder apoyarme en mis antebrazos, de modo que mi trasero estuviera en el aire para esperar para mi castigo. Mirando por encima de mi hombro, vi a Chance y su mano cayó sobre mi cachete derecho con un chasquido ruidoso, pero sin fuerza.

—Tú no dices cómo serás castigada, gatita. Depende de mí. Ahora regresa a la posición como has sido instruida, con las manos sobre la cabecera de la cama

La picadura en mi trasero hizo que se endurecieran mis pezones. Había una conexión extraña entre la punzada de dolor y mi excitación. No dije nada mientras me colocaba en la posición que Chance solicitó, con las manos sobre la cabecera de la cama, las rodillas dobladas y abiertas.

CHANCE

—Esa es una buena chica.

La tenía exactamente donde la quería, en mi cama, desnuda y cumpliendo mis órdenes. Era tan receptiva a mi tacto que desnudarla y ponerla debajo de mí eran tareas sencillas. La tercera, —Rosa acatando lo que le ordenaba— bueno, esperaba que cumpliera. Algo cambió mientras estuvimos separados, en el tiempo en que Ivers la retuvo. No solo en mí, sino también en Rosa.

Me vi obligado a ver al bastardo cabalgar con ella, mientras yo era incapaz de salvarla por culpa de Stills y su maldita pistola. Luché contra un hombre armado para rescatarla y valió la pena pues mi vida no tendría sentido sin ella. Así que golpeé al hombre para escapar, agradecido de haber salido ileso. No solo me podría haber disparado, sino también podría haber sido pisoteado por el ganado. Ambas eran muertes sombrías que me negaba a considerar ahora.

Cuando estuve listo para salvar a Rosa de Ivers, mi ayuda fue innecesaria. Ella fue inteligente y usó sus propias armas naturales, su cerebro y su forma irritante de molestar a alguien. No había duda de que había sido subestimada cuando en realidad era una mujer muy inteligente. Incluso yo lo había dado por sentado. Quería protegerla de todo daño, de todos los peligros potenciales, cuando todo lo que había hecho era ponerla en una prisión provisional. La ahogué hasta el punto de que no podía ser ella misma. Tenía que dejar que cometiera algunos errores, aunque su seguridad nunca se vería comprometida. Así que aprendí que necesitaba fe, fe en que Rosa podía defenderse, al menos hasta cierto punto.

Rosa pareció descubrir algo por sí misma, que no necesitaba ser tan fuerte. No necesitaba enfrentarse al mundo sola. Yo estaría ahí para ella, ayudándola, apoyándola de ahora en adelante, y no asfixiándola con una manta de sobreprotección mientras lo hacía. No había duda de que ella discutiría y pelearía conmigo como un *mustang* salvaje durante una competencia en una pista, pero pondría valor a mis demandas. Yo tenía mis razones, y el incidente con Ivers y Stills demostró su importancia.

Y aquí estaba ella, sana y vigorosa, y haciendo lo que yo le pedía. Necesitaba ser castigada por sus acciones precipitadas, pero un azote no lograría el resultado que yo deseaba, porque aunque le parecía doloroso, también era excitante. Tenía que saber, con toda seguridad, que Rosa escucharía mis palabras, que estaría arrepentida. Un castigo severo, además de los azotes, aseguraría que esto no quede olvidado. Así que bajé a su entrepierna, separé sus muslos y comencé.

—¡Chance! —gritó Rosa cuando puse mi boca sobre su carne húmeda, mi lengua plana mientras lamía toda su vagina. No fui gentil. No se trataba de su placer, sino de su castigo.

—¿Te gusta, gatita?

Observé cómo sus dedos se blanqueaban al apretar la cabecera.

—¡Sí!

—No te correrás. Ese es tu castigo.

16

Pasé la punta de mi lengua por encima de su pequeña perla rosada, luego me detuve, rocé un dedo por encima de su abertura, la separé, y luego hice círculos en su entrada para provocarla.

—Yo... no lo entiendo —contestó ella entre suspiros.

—Conozco tu cuerpo, Rosa. Sé cómo llevarte al borde del placer, y luego parar. Una y otra vez.

Era un castigo para mí también, porque mi pene deseaba llenarla. Quería sentir sus paredes calientes al apretarse y que el deslizamiento resbaladizo de llenarla me proporcionara una deliciosa fricción. Mi placer tendría que esperar porque tenía una lección que enseñarle.

—Esta es la única manera para que sepas cómo me

sentí cuando Ivers te llevó. Desesperado. Fuera de control. Enfadado. Loco.

La puse frenética con mi boca. Cuando sentí que apretó la punta de mi dedo, me retiré.

—¡No! —gritó.

Esperé hasta que se hubo calmado, luego lo hice una y otra vez hasta que su piel estaba resbaladiza por el sudor, su cabeza golpeaba la almohada y las lágrimas se derramaban de sus ojos. Esa era la única salida de liberación que le permitiría a su cuerpo.

—Chance, por favor. Oh, Dios. Te necesito.

—Me tienes, gatita.

Estaba tan mojada ahora que sus pegajosos jugos en sus muslos cubrieron mi barbilla. Su sabor sería algo que nunca olvidaría, algo que siempre anhelaría.

—¿Estás lista para dejar que te dé placer?

—¡Sí!

—Es mío para dártelo, ¿no es así, gatita?

—¡Sí!

—¿Quién está a cargo?

—Tú.

—¿Quién te mantendrá a salvo?

—Tú lo harás.

—¿Quién ha aprendido que necesita tomar tus propias decisiones?

Tragó profundamente, y luego me miró a lo largo de su cuerpo, confundida. Sus mejillas estaban manchadas de lágrimas, su rostro sonrojado y sus ojos salvajes llenos de necesidad—. ¿Yo, gatita? Este también ha sido mi castigo. Es una tortura para mí esperar. —Me senté de nuevo en mis talones y agarré la base de mi pene, luego acaricié la longitud con un agarre firme. Siseé al contacto. Se filtró líquido claro de la punta, desesperado y listo para follar—. Ambos hemos aprendido una lección, ¿no?

Asintió con la cabeza, su cabello se pegó a su frente húmeda.

—Sí.

Me acerqué a ella entonces apoyando mi peso en un antebrazo, alineando mi pene con su entrada resbaladiza. Mientras la llenaba, la besé. Profunda, oscura y carnalmente. Los dos gemimos durante el beso mientras yo me hundía. Con la cabeza roma de mi pene, sentí su vientre.

Ella calzaba conmigo como una mano en un guante, el ajuste perfecto. Sus paredes internas ordeñaron mi pene como si tratara de sacar todo el semen de mi cuerpo. Estaba hirviendo, apretada y mojada. Una combinación perfecta que no pude resistir.

Bajando la cabeza, me metí un pezón en la boca cuando empecé a moverme. Estaba tan desesperado que mis pelotas se habían apretado, con mi orgasmo justo ahí.

—Córrete, gatita.

No hizo falta más que una simple orden para que Rosa hiciera lo que le ordené. Se puso tensa mientras gritaba mi nombre, su dulce vagina me abrazó con firmeza en el interior mientras se corría. Mi semen se derramó dentro de ella, una y otra vez mientras el placer me recorría, tan intenso que era cegador. Sus manos agarraron mi espalda baja, sus uñas se clavaron en mi carne. Dejaría marcas y las apreciaría. Me tomé un momento para recuperar el aliento y dejar que los últimos trozos de placer me recorrieran.

Aunque me había venido y me había venido duro, no había terminado, estaba lejos de eso. Mi pene estaba listo para más y se lo daría, la tomaría, porque era mi esposa y era preciosa. Ella sabía cuánto la amaba, cuánto la deseaba, pero también se lo demostraría, se lo probaría una y otra vez hasta que nunca dudara.

Me retiré, mirando cómo mi semen se derramaba de ella, y luego la hice rodar sobre su espalda. Suspiró ante la manipulación, contenta y saciada como estaba, pero no se resistió. No había espera, ninguna necesidad adicional de excitarla porque todavía estaba muy sensible y mi pene estaba listo para tomarla de nuevo. No esperé, solo me deslicé de nuevo dentro de ella. Me miró, me vio y envolvió sus piernas alrededor de mi cintura, acercándome más.

—Más —gimoteó. Oh, sí. Más.

Me acerqué y pasé mi dedo sobre el clítoris. Siempre estaba muy sensible después de su primer clímax y solo era necesario un poco de juego para que se viniera por segunda vez. Se agitó y me tomé este tiempo en el que ella permanecía irracional para introducirme más, tan resbaladiza y caliente a mi alrededor, más y más profundo hasta estar completamente enterrado.

—Ahí, gatita. Has tomado todo de mí.

—Eres tan grande. Es… estoy tan llena —gimió. Su espalda se curvó, se arqueó.

—Te correrás otra vez por mí, ¿verdad? Solo placer.

Agarrando sus caderas, me retiré, dejando que mi pene estimulara todos esos puntos de placer y luego la llené de nuevo. La follé a un ritmo lento pero deliberado hasta que el sudor me goteó por la espalda. Ella se corrió de nuevo, apretándome como un puño mientras la follaba, y esa fue mi perdición. No pude contener mi liberación y me deslicé hasta el final para llenarla profundamente con mi semen una vez más.

Todo el cuerpo de Rosa se aflojó mientras respiraba profundamente. Con lentitud, me salí y pasé mi mano hacia arriba y hacia abajo por el largo de su costado, queriendo esa conexión continua mientras la calmaba. La había follado bien y le había dado placer. Me sentí viril y posesivo al verla sudada y saciada debajo de mí.

Me levanté de la cama, fui al lavabo a limpiarme con una toalla, luego traje una de vuelta a la habitación para Rosa, que seguía en la misma posición en la que la dejé. Aunque me gustaba ver mi marca de semen en ella, la limpié suavemente. Tiré la toalla hacia un lado, me metí en la cama y la traje conmigo.

—Duerme, gatita, porque lo necesitarás. Te voy a tomar toda la noche.

* * *

ROSA

Chance hizo exactamente lo que había dicho y me desperté siendo tomada no una ni dos, sino tres veces. Cada vez fue creativo en la forma en que me follaba, de pie a un lado de la cama mientras yo estaba tumbada de espaldas, con los tobillos sobre sus hombros, de costado como dos cucharas en un armario; desde atrás mientras yo estaba arrodillada y agarraba la cabecera de la cama.

Dormí bien ya pasada la madrugada y solo me moví cuando escuché voces abajo. Me giré y descubrí que la cama estaba vacía a mi lado. Mi cuerpo se sentía dolorido e inflamado, bien utilizado por Chance. Se sentía...bien — incluso mi trasero, donde me tomó por primera vez—.

Quería más. Me había vuelto voraz por mi esposo y su pene hábil.

Me vestí rápidamente, esta vez con un corsé en lugar de mi envoltorio habitual. Una vez que todos los ganchos fueron abrochados, miré hacia abajo para ver cómo se levantaban mis senos. Mientras que ofrecía el mismo soporte a mi gran busto, no hacía nada para disminuirlo, ya que solo el envoltorio lo realizaba con bastante éxito. En vez de quejarme de lo expuesta que me sentía, me sonreí a mí misma, sabiendo que Chance estaría contento. Parecía que le gustaban mucho mis senos y se deleitaba al brindarles mucha atención. Quería complacerlo primero y sobre todo ahora, porque cuando lo hacía, él hacía *más* que complacerme a cambio.

Una vez que me hube vestido y arreglado el cabello en un moño, seguí las voces hasta la cocina donde estaba sentado Chance a la mesa tomando café con la señorita Trudy y Jacinta. Chance se puso de pie ante mi presencia y se acercó para besarme en la sien. No pude evitar notar la forma en que sus ojos bajaron hacia mis senos en el camino, porque sabía que la forma de mi figura era diferente.

—Tenemos visitas —comentó en voz alta, aunque sus ojos estaban diciéndome "más tarde".

—Sí, puedo verlo. —Sonreí perversamente y luego me dirigí a mi familia—. Hola, señorita Trudy, Jacinta. —Me acerqué a la mesa y le di un beso en la mejilla a cada una.

—Nos enteramos de su horrible incidente por Walt.

La voz de la señorita Trudy estaba tan tranquila como siempre, pero sabía que estaba molesta. Sus labios estaban apretados y agarraba la taza firmemente. Tenía que hacer las paces, pero no con los demás presentes. Ella nunca era una persona que contara cuentos o amonestara en público, por lo que supe que se tomaba su tiempo.

—Estás muy guapa hoy, Rosa, con esa falda verde. Realmente realza tus ojos. —Jacinta, siempre diplomática, encontraba algo bueno que decir sobre cualquiera, incluso sobre las verdaderas musarañas que hablaban mal de la familia Lenox en la ciudad. Siempre les hablaba sin una pizca de la malicia que yo estaba segura que sentía.

—Gracias —le dije. Aunque no era mi hermana de sangre, era ciertamente una hermana de corazón, y mi favorita. Mientras que en el pasado me había empeñado en hacer solo lo incorrecto, Jacinta era todo lo contrario, nunca la vi que hiciera una fechoría en su vida.

—Jackson, el hijo de Gran Ed, ha llegado al rancho —dijo la señorita Trudy, iniciando una pequeña charla.

Chance sirvió una taza de café y me la dio mientras me sentaba al lado de Jacinta. Cuando lo hice, sentí cómo el semen se derramaba de mi vagina y mis ojos se abrieron de par en par. Fue un recordatorio cálido y sorprendente de lo que había hecho con Chance justo antes del amanecer. Lo miré y me di cuenta de que su afirmación de que siempre estaba conmigo, incluso cuando no estaba cerca, era cierta. No estaba tocando mi vagina con su pene, su boca o sus dedos, pero lo sentía allí. Me miraba atentamente, pero no podía leer mis pensamientos y si tenía alguna idea, no la dijo. Solo esperaba no tener una marca en la falda, ya que no llevaba calzoncillos.

—¿De verdad? —Le pedí que se moviera en mi asiento y tratara de dirigir mis pensamientos lejos de la polla de Chance—. ¿Es Jackson un hombre activo?

—Es un hombre grande y fácilmente capaz de ayudar al Gran Ed con las tareas más difíciles.

Miré a Jacinta, que se movía en su asiento. Nunca hizo eso y me sorprendió bastante, hasta vi un rubor en sus mejillas.

—¿Lo encuentras aceptable, Jacinta? —preguntó Chance, inclinando una cadera contra el aparador. Tomó un sorbo de su café.

Ella miró su regazo.

—Sí, claro —contestó con voz suave.

Ah. ¡Ah! Miré a la señorita Trudy, que sonrió suavemente. Parecía que Jacinta finalmente había conocido a su hombre, pero si sentía algo por el hijo de Gran Ed, la señorita Trudy no hablaba de ello porque la avergonzaba. Jacinta no era de los que hablaban tan abiertamente de sus sentimientos, a diferencia de algunas de nuestras hermanas.

Jacinta se puso en pie abruptamente y las patas de la silla rasparon el suelo de madera. Chance se dio cuenta rápidamente de que el hombre era para ella.

—Gracias —murmuró mientras se suavizaba la falda—. Creo que es hora de que nos vayamos, ¿verdad, señorita Trudy? Estoy segura de que están muy cansados después del calvario que vivieron.

No esperó a que la otra mujer respondiera y simplemente Jacinta salió de la habitación. Chance fue lo suficientemente caballero como para escoltarla fuera.

Ni la señorita Trudy ni yo nos movimos.

—Estoy muy sorprendida. Creo que nunca antes había visto a Jacinta nerviosa —dije, mirando por el pasillo y escuchando cómo se cerraba la puerta principal.

La señorita Trudy asintió con la cabeza y alisó su ya aseado cabello.

—Sí, Jackson es un hombre muy guapo. Todas las

chicas le han estado haciendo ojitos de becerro, pero sin éxito. Jacinta ha estado evitando al hombre, como es su norma, pero parece que ella lo ha tomado muy en serio. Es divertido de ver.

—Señorita Trudy —comencé, queriendo dirigir la conversación lejos de los intereses románticos de Jacinta—. ¿De verdad? —pregunté moviéndome en mi asiento e intentando apartar mis pensamientos del pene de Chance—. ¿Jackson es un buen partido?

—Es un hombre grande y fácilmente capaz de ayudar al Gran Ed con las tareas más difíciles.

Fue mi turno de mirar mi regazo, pero no me quedé allí. Levanté la barbilla y la miré a los ojos.

—Te debo una disculpa por haberme ido como lo hice. Fui impulsiva e imprudente y te causé miedo innecesariamente.

—Estás enamorada —contestó ella encogiéndose de hombros.

Asentí sin dudarlo.

—Sí, sí lo estoy. Pero eso no es excusa para mi comportamiento. Lo que compartiste conmigo no lo entendí hasta ayer. Admiro tu valentía y aprecio lo que has hecho por todas nosotras.

La veía bajo una luz completamente nueva ahora. Quizás fue porque había madurado en el poco tiempo desde que me casé con Chance o porque aprendí algunas cosas, incluso afuera del dormitorio. Habían pasado seis días, pero veía el mundo de otra manera, veía a la gente de otra manera. Había ganado la perspectiva que solo el matrimonio podía proporcionar, y eso me hizo quizás un poco más empática, o al menos eso esperaba.

—El amor cambia a una persona, Rosa. Para mí, fueron

tú y tus hermanas. Para ti, quizás seas bendecida con tus propios hijos, pero me alegra ver que finalmente descubres tus sentimientos por Chance. Siempre ha sido el hombre para ti. Lo supe todo el tiempo, pero iba a suceder en tu momento, no en el mío —Sonrió un poco astutamente—. Aunque creo que Chance puede haberte empujado.

Pensé en el semen que humedecía mis muslos. Cada vez que nos veníamos juntos, el semen de Chance era copioso, pues hacíamos el amor ardientemente y con frecuencia. Él tenía razón; podría estar embarazada. Era una tarea en el rancho que solo yo podía cumplir, y mientras él ponía un esfuerzo excepcionalmente bueno en la creación, yo debía ser la cuidadora, la que daba la vida. O, podría verlo no como una tarea, sino como lo único, la único que Chance y yo crearíamos que y que sería completamente nuestro.

—Sí, creo que quizás así será.

La señorita Trudy se puso de pie y yo la seguí. Se acercó a la mesa y puso sus manos sobre mis hombros.

—De todas mis chicas, tú siempre has sido la sensata, pensando en cosas tangibles mientras que las otras tenían la mente en las nubes. Ellas hablan de cintas y encajes sin parar. Quizás ahora sea el momento de invertir los papeles, aunque no preveo ningún encaje en ninguno de tus corpiños. Relájate, Rosa. Disfruta la vida. Deja que Chance tome algunas de tus cargas, porque es lo suficientemente fuerte para hacerlo.

Chance me atrajo hacia él, de espaldas a su frente, mientras veíamos a la señorita Trudy y a Jacinta yéndose.

—Me sorprende que estén en la carreta —comenté.

Chance me besó en la cabeza.

—Si a Jackson le gusta tanto Jacinta como parece, estoy seguro de que lo hizo para poder ayudarla a bajar a su regreso.

La idea tenía mérito, pues Jacinta no podría rechazar la ayuda del hombre. Me giré en el círculo de los brazos de Chance para poder mirarlo.

—Eso es un plan astuto. ¿Así es lo que hacen los hombres?

—¿Para qué? ¿Para ponerle las manos encima a una mujer?

—No hay nada inapropiado en lo que Jackson haría, ¿verdad? —Mi preocupación por la virtud de Jacinta debió de haber aparecido en mi rostro.

—Estoy seguro de que Jackson es un perfecto caballero. Para que te tranquilices, los visitaremos mañana. Me gustaría echar un vistazo a este hombre por mí mismo.

Levanté una ceja.

—¿Ahora quién es el protector?

—Ella es mi hermana ahora —contestó Chance con su voz que insinuaba claramente su naturaleza protectora.

—Mañana entonces. Mientras tanto, quería probar algo que la señorita Trudy mencionó.

Las cejas de Chance se le subieron casi hasta la línea del cabello.

—¿Cómo?

—Ella dijo que como eres tan fuerte, deberías dejar que tomaras algunas de mis cargas. —Pasó sus nudillos por detrás de la mejilla—. Asumo que no estaba hablando completamente de cargas físicas.

Negué con la cabeza lentamente.

—No. No lo creo.

—¿Qué estás insinuando, gatita?

Sonreí maliciosamente mientras pasaba mis manos por su pecho.

—Pensé en permitirte hacer lo que quieras conmigo.

Chance se congeló.

—¿Permitirme? Cada vez que follamos yo tengo el control.

Lo miré a través de mis pestañas.

—Excepto esa única vez. —Me sonrojé por lo que había hecho.

—Gatita, yo te *permití* tener el control —contestó.

Me sentí molesta de repente.

—Muy bien. Entonces esta vez cuando follemos, puedes hacer lo que quieras. —Mi tono fue un poco ácido. Esto no estaba sucediendo como lo había planeado.

—Ey. Shh —canturreó—. Estás hablando en serio y yo me estaba burlando. Dime, gatita. Quiero oírlo.

—Quiero dejarme llevar, Chance. Entregarme de verdad a ti y saber que me mantendrás a salvo.

Siseó un poco mientras inclinaba mi barbilla hacia arriba. Me encontré con su mirada oscura. Vi todo lo que había allí: su corazón, su amor, su alma.

—Te mantendré a salvo, gatita. —Tomó mi mano, con su gran, cálida y gentil mano—. Ven.

Me llevó pero no en dirección a la casa, sino hacia el establo.

—¿Adónde vamos?

—Necesito una cuerda para lo que te voy a hacer.

Mis pies patinaron sobre el suelo cuando mi paso se ralentizó mientras el suyo seguía insistente.

—¿Cuerda?

Me miró por encima del hombro y recobré el aliento. Este hombre, este hombre guapo, viril y excitante, era mío.

—¿No se supone que debes ser complaciente a veces? Déjate llevar, gatita. Yo te mantendré a salvo.

Repitió las palabras de nuevo, como una mantra. Aceleré mi paso y lo seguí, no solo para que hiciera conmigo lo más decadente y vulgar, sino dejando que me guiara hacia cualquier cosa que la vida me ofreciera.

¡RECIBE UN LIBRO GRATIS!

Únete a mi lista de correo electrónico para ser el primero en saber de las nuevas publicaciones, libros gratis, precios especiales y otros premios de la autora.

http://vanessavaleauthor.com/v/ed

ACERCA DE LA AUTORA

Vanessa Vale es la autora más cotizada de *USA Today*, con más de 60 libros y novelas románticas sensuales, incluyendo su popular serie romántica "Bridgewater" y otros romances que involucran chicos malos sin remordimientos, que no solo se enamoran, sino que lo hacen profundamente. Cuando no escribe, Vanessa saborea las locuras de criar dos niños y averiguando cuántos almuerzos se pueden preparar en una olla a presión. A pesar de no ser muy buena con las redes sociales como lo es con sus hijos, adora interactuar con sus lectores.

Facebook: https://www.facebook.com/vanessavaleauthor
Instagram:
https://www.instagram.com/vanessa_vale_author

www.ingramcontent.com/pod-product-compliance
Lightning Source LLC
LaVergne TN
LVHW011835060526
838200LV00053B/4037

*9 7 8 1 7 9 5 9 4 9 2 8 6 *